T0178681

Entre los rotos

Entre los rotos

ALAÍDE VENTURA MEDINA

LITERATURA RANDOM HOUSE

Entre los rotos

Primera edición: noviembre, 2019
Primera reimpresión: febrero, 2020
Segunda reimpresión: julio, 2020
Tercera reimpresión: octubre, 2020
Cuarta reimpresión: mayo, 2021

D. R. © 2019, Alaíde Ventura Medina

D. R. © 2021, derechos de edición mundiales en lengua castellana:
Penguin Random House Grupo Editorial, S. A. de C. V.
Blvd. Miguel de Cervantes Saavedra núm. 301, 1er piso,
colonia Granada, alcaldía Miguel Hidalgo, C. P. 11520,
Ciudad de México

penguinlibros.com

ISBN: 978-607-318-595-0

Impreso en México – *Printed in Mexico*

Para mi hermano, que sí fue mi cómplice.

Uno

Es importante tener un cómplice. No es indispensable, pero parece buena idea contar con alguien que también provenga de aquel lugar. Ojos que conocieron la misma guerra, que perdieron la misma patria.

Salir adelante sin un compañero no es imposible. Únicamente es más difícil. La historia se tendrá que reconstruir desde cero. Aun así, en compañía, resultará inexacta.

La primera guerra a veces es la casa. La primera patria perdida, la familia. Un esposo puede ser un buen cómplice. Un hijo también llega a serlo. Al perro le hace falta el don de la palabra. Pero el papel de cómplice primordial está reservado para el hermano, único testigo verdadero de la masacre. Mi hermano habrá tomado anotaciones distintas o puesto atención a detalles que yo he pasado por alto. Es fundamental no olvidar que caminamos juntos y que hoy nos aterrorizan idénticos monstruos.

Un hermano es la manifestación del yo espejeado e irrenunciable. Ésa es la razón por la cual no existe el perdón para el hermano que traiciona, y el abandono es una forma de traición.

Lo primero que me pregunto es quién nos habrá tomado esta foto, si en ella aparecemos los cuatro. En esa época no recibíamos visitas en casa. A papá no le gustaba.

Todavía vivíamos en la calle Floresta, lo sé porque el sofá es ese que mamá tiró a la basura cuando nos mudamos al multifamiliar.

Traigo puesto el uniforme de la escuela y un suéter de rayas blancas que me tejió la abuela. Mi hermano Julián está vestido de beisbolista, lo que significa que aún no había entrado a la primaria. No se quitaba el uniforme de bateador ni por un segundo.

En aquella época él todavía hablaba. Era como cualquier otro niño, quizás un poco más tierno que la mayoría. Tenía la manía de repetir un mismo chiste hasta asegurarse de que todas las personas de la casa lo hubiéramos oído. También cantaba canciones del radio sin saber exactamente qué significaban.

Wiwilí ni ayer o somarí.

We all live in a yellow submarine.

Mi segunda duda es por qué mi hermano conservaría estas fotografías. Por qué atesoraría evidencias de aquellos años. Recuperar objetos de entre los escombros sólo tiene sentido si esos recuerdos son valiosos. Pero estas fotografías no son otra cosa que pequeños abismos personales, cicatrices mal sanadas.

Mamá mira a la cámara con timidez. Tiene la pierna cruzada y la espalda recta. Una diadema mantiene en orden su cabello todavía negro.

Papá tiene las piernas abiertas y se inclina ligeramente hacia adelante, como si no hubiera tenido tiempo de acomodarse bien en el asiento.

Ahora que lo pienso, en la casa de Floresta teníamos una televisión bastante grande sobre un mueble de madera. Quizás ésa sea la respuesta a una de mis preguntas. Papá debe de haber colocado la cámara encima del mueble. Luego tuvo diez segundos para acomodarse en el sofá antes de recibir el destello en los ojos.

Me gustaba mucho esa tele enorme. Tenía dos controles remotos. Los compraron con la esperanza de que mi hermano y yo dejáramos de pelear, pero había resultado lo contrario. Julián cambiaba el canal, yo lo regresaba. Él bajaba el volumen, yo lo subía al máximo para que a él le diera miedo molestar a papá.

Esa tele era muy buena, y de marca. Por eso me dolió tanto que papá la rompiera en uno de sus arranques.

Mi hermano y yo, en los columpios del parque Merced. Hay charcos en el piso, lo que indica que ha estado lloviendo. En verdad me sorprende que él haya conservado esta fotografía, según recuerdo aquella no fue precisamente una buena tarde.

Al fondo aparece el vendedor de globos que se instalaba todos los domingos a la sombra de los hules, junto a los churros rellenos. Ese vendedor me llamaba "cuatita" y siempre recordaba qué globos me gustaban más.

Oye, cuatita, mira lo que tengo para ti.

Extendía la mano para entregarme mi globo favorito: metálico con detalles de colores. Papá sacaba la cartera de mala gana, sin mirarlo, y le aventaba los billetes con desprecio. Yo odiaba ese gesto y, en esos momentos, lo odiaba a él.

Para mí, y esto no es algo que haya cambiado con el tiempo, cualquier persona que se interesara remotamente en mi existencia era considerado un amigo. Tengo un nombre difícil de pronunciar. La lengua inexperta se atora al tocar el hiato. Si alguien llegaba a atinarle al acento, a la división de sílabas, se ganaba en automático mi lealtad. Lo habría defendido en cualquier batalla, siempre y cuando ésta no implicara contradecir a papá.

Todo lo que yo podía darle a mi amigo en aquel entonces era una sonrisa espontánea, la misma que reservaba únicamente para mamá y para los abuelos. Él asentía, agradecido, llevándose la mano al sombrero.

Creo que papá nunca se enteró de aquel gesto secreto entre el vendedor y su cuatita.

En la foto mi hermano trae puestos los tenis blancos que nos causarían tantos problemas. Los bordes de las suelas están limpios, señal de que ha pasado todo el día esquivando los charcos. A la hora de tomar la foto la operación ha sido un éxito. Hemos logrado volver a casa sin hacer enojar a papá.

No contábamos en ese momento con la fiesta patronal que cerraría el acceso a nuestra calle, impidiendo el paso del coche. Mientras caminábamos a casa, mi hermano y yo nos unimos momentáneamente a la celebración. Cuetes. Luces de bengala. De pronto un buscapiés diminuto, imperceptible, se estrelló contra mi zapato. Mi hermano tuvo que pisarlo para apagar el fuego. El olor a hule quemado me sigue provocando el llanto.

Esa noche fue una de las más oscuras y frías de aquella época. Yo tenía como ocho años, pero recuerdo haber mojado la cama como cuando tenía tres o cuatro.

Si no mal recuerdo, ésa era la primera vez que papá le pegaba a mi hermano. Su cuerpo no estaba acostumbrado al dolor todavía.

El mío tampoco estaba acostumbrado a cargar con el peso muerto y sofocante del remordimiento. Culpa por las cosas que hice y provoqué. Líneas rojas en la piel de mi hermano. Un pómulo purulento. Un ojo hinchado. La invención de una falsa varicela que le permitiera quedarse en casa durante dos semanas. Que no lo vieran las maestras. Que no hicieran preguntas las vecinas. Gritos de horror. La voz de un niño.

Y después, nada.

El silencio en la noche solitaria de los caídos en la batalla.

La culpa es una enfermedad de tratamiento complicado. Mal atendida, empeora con el tiempo. Se alimenta de otras emociones, las cuales metaboliza para su propio beneficio. Rencor. Tristeza. Alegría. Miedo. Aperitivos para esa inmensa culpa primigenia que amanece más fuerte cada día.

Se aprende a vivir con la culpa. Huésped indeseado que ha incendiado todas las salidas.

Culpa: acción u omisión. Consecuencia.

Hacer algo a veces me ha llevado al mismo resultado que no hacer nada.

El juego de las definiciones fue idea de papá, que siempre quiso tener hijos inteligentes.

Si vas a ser gorda, al menos sé interesante.

Yo estaba en tercero de primaria y mi hermano acababa de entrar a primero. Papá tomó un diccionario y se lo aventó a Julián en la cara para que dejara de hacer berrinche. Le dijo que debía dejar de llorar por todo y comenzar a comportarse como un niño grande.

Ya no eres un bebé, carajo. Aprende a usar las palabras.

Julián se tardó todavía un año más en aprender a leer y escribir. Yo leía de corrido desde los cinco, lo que enfurecía aún más a papá, que nos comparaba constantemente.

Si no teníamos otra cosa mejor que hacer, Julián y yo abríamos el diccionario y yo le leía definiciones al azar. No entendíamos nada, y además lo hacíamos con miedo. No estábamos seguros de si papá hablaba en serio cuando nos obligaba a leer ese libro o si era una provocación para medir qué tan obedientes éramos.

Provocar: causar, ocasionar. Provocar dolor. Infligir una herida.

A partir de aquella época papá le pegó a Julián casi cada semana. No sé si en algún momento los golpes se volvieron tolerables para mi hermano. Algunos días lloraba más fuerte que otros. Entonces papá tomaba medidas excesivas como aventarlo por la ventana o apagar un cigarrillo en su brazo.

Diminutivo: que disminuye algo. Pequeñez, cuidado. El bracito de un niñito de seis años. Apelativo cariñoso. Julián nunca fue Juliancito.

Seguimos jugando al diccionario incluso cuando ya éramos grandes. Comenzamos a inventar definiciones propias. Uno de mis novios trató de integrarse a nuestra dinámica, sin lograrlo. No entendía que no queríamos describir el mundo, sino crear uno propio. Papá tampoco entendió esto. A mamá nunca le interesó entenderlo.

Papá: a quien le debo mi obsesión por el lenguaje, porque me enseñó a odiarlo y por eso llevo toda la vida tratando de domarlo.

Mamá: cualidad de esquiva, silenciosa.

Mi lenguaje materno es el silencio.

Mamá siempre fue orejona, pero a los quince años, y con diadema, hasta daba risa. Orejas puntiagudas en su cara ovalada y la quijada medio hundida.

Creo que recuerdo el momento en el que mamá le regaló a Julián esta fotografía. Se habían burlado de él en la escuela, le habían puesto apodos. Era un niño inteligente, pero algo que nunca aprendió fue a defenderse.

Inteligente: dos más dos son cuatro. Cuatro los niños que rodearon a Julián a la salida. Uno por uno es uno. Uno es papá pegándole a Julián por no haber sido lo suficientemente hombrecito.

Ya tienes siete años, deja de ser maricón.

Mamá le regaló la foto a Julián para hacerlo sentir mejor. Quién sabe si lo habrá conseguido, pero él la conservó durante todos estos años.

En la imagen salgo yo, de alguna manera. Es que me parezco mucho a mamá. Ella está de pie, con un vestido blanco que tiene la forma de una campana. Quizá no sea blanco, quizá sea rosado o azul pastel. El sepia se comió los tonos. La rodean cuatro chambelanes: mi tío José y otros tres muchachos de un color moreno que se oscurece aún más al lado de ella.

La diadema en esta foto en realidad es una corona de plástico y diamantina. Mamá, la reina recién coronada, nueva matrona del imperio de las lentejuelas. Aroma de jazmines y polvos de arroz.

Los muchachitos visten de blanco. Más que pajes, son minúsculos soldados apenas ingresados a la escuela naval.

Su única misión aquella noche es el cuidado de la reina orejona: que llegue intacta al final de la fiesta, en ese primer baile que es también el inicio de su nueva vida. El día que conocería a papá.

El gato Mostacho apareció un día y se instaló en el patio. Sacó la tierra de una de las macetas de mamá y se acostó en el agujero para refrescarse. Era verano. Cuando mi hermano y yo llegamos de la escuela, corrió a saludarnos, como si nos conociera. Le dimos leche y jamón, cuidando que papá no se diera cuenta. Examinamos las heridas de su lomo, pero no pudimos hacer nada para curarlas.

Era demasiado bonito como para no tomarle una foto. No nos importó que papá más tarde nos regañara por agarrar su cámara. Julián lo encuadró al centro y se esperó a que mirara hacia la lente. Fue cuando decidimos nombrarlo Mostacho. Tenía una manchita negra debajo de la nariz. Un bigote que resaltaba, elegante, de entre su pelaje blanco.

Mostacho: bigote, peculiaridad. Toda la ternura del mundo condensada en un gato nube.

El gato me mira desde la imagen después de tantos años. Hay algo en sus ojos azules que escapa al paso del tiempo. Entiendo por qué mi hermano conservó esta fotografía.

Mostacho se quedó con nosotros durante los cuatro días que tuvimos jamón para ofrecerle.

El sábado fuimos al súper, como siempre. Julián y yo aprovechamos para pedir que compraran croquetas. Papá ni siquiera alzó la mirada para vernos, ocupado como estaba en revisar las cuentas de agua y de luz. Mamá sí nos miró, con esa expresión cálida y rota que tenía a veces. La mirada de quien observa un espectáculo, una tragedia, un chiste, un accidente, lo que sea, y ya no puede llorar ni reír ni nada, tan sólo ver, aceptar y seguir mirando. Y así hasta el fin del mundo.

Mostacho se fue sin decir adiós ni gracias. La piel de pollo que guardamos para él a escondidas no lo convenció de quedarse. Me dio tristeza perder su compañía, pero más me dio envidia su libertad.

Libertad: movimiento del gato nube. Poder escapar y no querer hacerlo. Poder escapar y hacerlo.

Lugares donde me pareció haber visto al gato Mostacho a lo largo de los años:

Cerca de los columpios del parque Merced, antes de que los remodelaran.

Afuera de la iglesia de San Gabriel, un día que la abuela andaba especialmente apurada.

En el balcón de una casa en la calle Magnolias, algún día de 1997 o 1998.

Lugares donde me pareció haber visto al gato Mostacho en el remoto caso de que haya vivido más de veinte años y caminado largas distancias:

Enfrente del teatro Royal, la noche que se estrenó la obra que tradujo mi amiga Ana.

En el parabús de Avenida 10 y Constitución. Varias veces.

Afuera de los tacos Obrero, una mañana de domingo mientras paseaba con el primer Memo en la combi de su papá.

En la calle Sombra, una tarde saliendo de un hotel.

Los columpios del parque Merced rechinaban. Daban escalofríos. Los subibajas siempre estaban rotos y las resbaladillas nos rasguñaban la piel de tan oxidadas. Igual seguían siendo los mejores juegos de la ciudad.

En aquel entonces a Julián le daba miedo el tétanos. Acababa de salir la noticia de un niño de su edad al que se le había deformado la espalda después de picarse con un alambre de púas. El pobre niño tendría que caminar el resto de su vida usando pies y manos, y con el vientre hacia abajo, como las arañas.

A decir verdad, en esa temporada a Julián le daba miedo casi todo.

Miedos: el tétanos, los perros, los relámpagos, las pesadillas, papá, las víboras.

Muchos años después, ya en la ciudad, durante una semana de escasez de agua, Julián y yo salimos a caminar para ver si encontrábamos alguna llave abierta donde rellenar nuestras cubetas. Fuimos a dar a un parque que tenía columpios metálicos, como aquellos del parque Merced. No teníamos otra cosa mejor que hacer y lo convencí de subirnos.

Imagínate que te diera tétanos, le dije.

Julián no entendió a qué me refería. En ese instante, una muralla se erigió entre él y yo.

Estuve toda la tarde contándole mis recuerdos de aquellos años. Él a duras penas recordaba el parque Merced, quizá debido a la fotografía que tenía guardada. Había olvidado por completo al niño araña. Mi forma de contárselo le pareció incluso un poco graciosa.

Te daba tanto miedo, insistí, *que una vez le pediste a papá que no te pegara con la hebilla del cinturón para que no te fuera a dar tétanos.*

La muralla entonces pareció todavía más alta.

Julián se quedó callado el resto de la semana. El servicio de agua se restableció pronto y no volvimos a poner pie en aquel parque.

No le pedí disculpas. Debí hacerlo.

Miedos: el silencio, el ridículo, la soledad, lastimar a un ser querido, la muerte, papá.

Una noche, mamá me despertó en la madrugada para avisarme que se iría de viaje. Saldría en ese preciso momento. Traía una mochila colgada en la espalda. Me dijo que la abuela vendría a cuidarnos y que debíamos portarnos bien con ella. Me pidió que le explicara las cosas a Julián en cuanto él se levantara, antes de irnos a la escuela. Le pregunté dónde estaba papá.

No te preocupes por eso ahorita.

Preocupación: las cosas que me preocupan me lastiman aun antes de suceder.

A la mañana siguiente, la abuela nos dio los buenos días con huevos en salsa y jugo de naranja. Papá no estaba por ningún lado. La abuela nos prometió que prepararía su famoso pollo enchilado para la hora de la comida. Luego nos llevó a la escuela en un taxi y dijo que pasaría por nosotros a las dos en punto.

Prometer: jurar, adelantar. Un señuelo. La promesa, por sí sola, ayuda a mirar adelante.

Quien nos recogió aquel día a la salida fue papá. Nos llevó a comer hamburguesas, como si fuera cumpleaños de alguno de los dos. Me arrebató las papas, dijo que ya había comido suficientes. Luego estuvimos un rato dando vueltas en el coche. Mi hermano se mareó y dijo que quería vomitar. Papá lo bajó en una gasolinería, le dijo que tendría que arreglárselas solo. Julián lloró. Papá no se atrevió a golpearlo en un lugar público.

Deja nada más que lleguemos a la casa.

En casa nos esperaba mamá, que ya había regresado de su supuesto viaje. Tenía la cara hinchada, como si hubiera pasado toda la mañana llorando. Papá la besó en la frente y en las manos.

Gracias, mi amor. Vas a ver que todo es distinto.

El olor a pollo enchilado invadía cada rincón. La abuela ya no estaba y nadie quiso decirme por qué se había ido. Yo había comido una hamburguesa completa y la mitad de la de mi hermano. Cuando me serví un poco de pollo, papá no hizo comentarios sobre mi gordura.

Viaje: paseo largo o mudanza incompleta. Ida y vuelta.

Julián abrazó a mamá como si no la hubiera visto en un año.

Lista de los mejores platillos de la abuela:
    Pollo enchilado
    Pollo encacahuatado
    Manchamantel
    Albóndigas
    Filete de pescado empanizado
    Torta de mariscos
    Pulpos al ajillo
    Pulpos encebollados
    Camarones a la diabla
    Camarones con coco
    Chilpachole de camarón
    Caldo de camarón (no confundir con el chilpachole)
    Huevos en salsa
    Picadillo de res
    Mole

Mi hermano y yo sobre la arena, con los trajes de baño que elegimos nosotros mismos en la tienda del hotel. Julián se cubre la cara con la mano, se ve que le molesta el sol. Yo sonrío y miro a la cámara. Cada día en la playa era el más feliz de mi vida.

Ese año pudo ser maravilloso. Papá quería reconquistar a mamá, reconquistarnos a todos, y le dio por gastar dinero como nunca antes. Fue la primera vez que tuvimos una bicicleta. A mí me quedaba chica y tenía que pedalear de pie porque mis rodillas no cabían si me sentaba. A Julián le quedaba grande: debía ladearla al frenar para no caerse. Ni él ni yo nos quejábamos. Tener una bicicleta incómoda era mejor que no tener ninguna.

Ese año también estrenamos coche: un Jetta negro con ventanas eléctricas. En ese Jetta comenzamos a visitar el mar. Me acostumbré a que me ardiera la espalda de tanto asolearme.

En el viaje de la foto, papá contrató un paseo en crucero. Cuarenta minutos de refrescos ilimitados y todos los pasteles que pudiéramos comer. Seguramente él tenía ganas de impedirme el libre acceso a harinas y grasas, pero se las aguantaba. Estaba en su etapa de ser un caballero.

Julián y yo quisimos nadar después del crucero. Nos deben de haber tomado la foto justo antes de meternos al mar. Todavía no estamos mojados, pero sí tenemos las barrigas infladas de tanto comer.

No logro entender por qué Julián conservaría esta foto. ¿Acaso se le olvidó lo que vino después?

Los detalles de aquella tarde los tengo todos mezclados. Ese recuerdo es un conjunto mal pegado de piezas difusas. Sólo sé que Julián vomitó en el elevador, que yo lo abracé, que papá y mamá pelearon.

Entre sombras vi a papá huyendo a mitad de la noche. Dinero en la mesita del teléfono: 800 nuevos pesos. Un autobús de segunda, con asientos húmedos de sudor y chicles pegados en el filo de la ventanilla. Parar a media carretera para ver un agujero gigante en la tierra. Una zanja de paredes escarpadas donde las familias felices podían retratarse. Mamá dormida en su asiento. Las pastillas haciendo hojalatería a lo largo y ancho de su cuerpo. El ojo derecho: un tumor expuesto y reventado. Su espalda: el mapa en el que papá trazó sus huellas.

Recuerdo también las palabras de mi hermano al bajarnos del autobús. La idea maldita que ya nunca había de abandonarlo se enraizó esa tarde en su corazón de niño de ocho años:

Todo esto es culpa mía.

El dinero que papá estaba dispuesto a gastar era directamente proporcional a la cantidad de días que había estado ausente. Después de lo del crucero, todavía tuvo una temporada en la que siguió siendo el hombre más generoso de México.

Generoso: que da, que ofrece. Regalos, consejos no pedidos, órdenes, golpes.

Yo me sentía como los millonarios de la tele. Ya no recordaba cómo era anhelar. Tenía todo. Juguetes. Ropa. Revistas. Papá me compraba lo que yo quisiera. Derrochaba en mis antojos el dinero que se ahorraba desde que mi hermano le había retirado la palabra. Julián ya no le pedía ni para el almuerzo. Estaba decidido a cumplir su voto de silencio. Mientras tanto, yo me daba vuelo estrenando suéteres y decorando el penthouse de la Barbie ejecutiva.

Éste es el problema con el silencio: siempre gana. Uno cree que lo controla, pero es él quien realmente manda.

Julián dejó de hablarle a papá por voluntad propia. No respondió más a sus preguntas y lo dejaba con la palabra en la boca enfrente de todos. No volvió a gritar durante las golpizas. Hasta su llanto se sentía más domesticado.

Poco a poco fue dejando de hablar también con nosotras. Se refugiaba en los brazos de mamá, pero se cobijaba todavía más en el silencio. Aunque seguía jugando conmigo, cada vez más era mi voz la única que se oía.

Te toca de portero, Julián.

Súbele a la tele, Julián.

Para cuando cumplió once años, ya pasábamos días enteros sin escuchar sus palabras. Mi hermano se había convertido en un misterio.

Solamente quien ha vivido con una persona silenciosa entiende de qué manera el silencio puede llenar los espacios, apropiarse de ellos.

El silencio de mi hermano invadía todo. Nos dejaba a los demás sin posibilidad de movimiento.

El silencio es un vacío, pero pesa. Es la neblina que cubre el mundo. Empaña la vista. Ahoga. Es un cansancio compartido y transmisible. La falsa calma que precede a la masacre.

Las horas en silencio transcurren más lento.

El silencio es un juego de ajedrez en el que ambas partes han olvidado que es su turno. Nadie hablará primero, y se quedarán ahí hasta el fin de los tiempos.

Al centro aparezco yo, sonriente, sentada en un tronquito de madera. Tengo las piernas abiertas. Si estuviera usando falda, se me verían los calzones. A lo mejor por eso siempre usaba shorts.

Alrededor, todo es verde. Ese verde particular de Veracruz, más oscuro que el césped, más claro que el follaje opaco de las grandes ciudades. Verde selva. Verde bandera. Verde abuelos. El zapote mamey que creció impune en medio del jardín siempre dio hijos inalcanzables. Demasiado altos para mi abuelo. Al caer, desprendían un olor agrio. Cadáveres. Habían muerto colgados de la rama.

No recuerdo cuánto tiempo pasamos en casa de los abuelos. Sólo sé que me acostumbré a lavar cada tarde mi ropa interior porque no había llevado suficiente, y a usar la misma playera durante dos o tres días. Justo como hacía mi hermano, ya de grande, durante la época en la que vivimos juntos. Una semana completa con la misma sudadera. Un mes. Toda la vida.

Esa foto la debió de tomar alguno de mis abuelos, en aquella época ellos eran los únicos que conseguían hacerme reír. El abuelo se sabía tantos chistes que podría haberle regalado carcajadas a cada una de las personas del pueblo, tocando de puerta en puerta. Siempre uno distinto. Pero a nadie le interesaba oírlos.

¿Por qué mi hermano guardaría fotografías donde no aparece él?

Quisiera leer este gesto como una confesión cobarde de que mi existencia también fue de algún modo parte de él mismo. Su rostro un día fue mi espejo. ¿Habrá sido el mío, también, el suyo? Una imagen rota, cada pedazo un yo distinto. Un arma posible. Los vidrios con los que hacerse daño.

Mamá llamaba en ocasiones para preguntar por nosotros. La abuela nos ponía al teléfono y la casa se volvía una lloradera inagotable. Julián abandonaba en esos momentos su hermetismo y se doblegaba ante la tristeza.

Yo también lo hacía, a mi manera. Le reclamaba a mamá por habernos abandonado. Le preguntaba cuándo vendría por nosotros. Estábamos perdiendo días de escuela.

Ya casi, hijita. Mientras tanto pórtense bien.

Mi hermano se permitía una última pregunta antes de volver a su refugio de silencio.

¿Y papá?

Los ojos de Julián se quedaban fijos en el teléfono, donde se escondían todas las respuestas, aquellas que nosotros, en el fondo, intuíamos. Mi hermano y yo un equipo, de nuevo, aguardando las palabras de mamá.

Ay, hijo.

No quedaba claro qué respuesta haría sentir a Julián más cómodo. Quizá ni él mismo lo sabía. Podía ser que extrañara a papá después de todo. Igual que yo. Cuando pensaba en él, venían a mi mente recuerdos terribles, pero de todas maneras echaba de menos su presencia estruendosa y gigantesca.

De las máximas ironías de mi vida es que papá me hacía sentir protegida, cuando él mismo era la causa de mi indefensión.

Tras colgar el teléfono, el abuelo, cansado, negaba con la cabeza. Se le veía en las manos que algo lo irritaba. Apretaba los puños y sus venas gruesas emergían como ríos, afluentes de lava a punto del desborde. La destrucción acechaba en esas manos toscas de campesino cantante. Piel correosa de barro y fuego. Manos para hacer música o para hacer la guerra.

Si se me ofreciera una hebra, al no saber cómo crear algo con ella, optaría por jalarla hasta deshacer la madeja. Debí haber aprendido a tejer cuando la abuela insistió en enseñarme, durante aquella época en que las vacaciones con los abuelos se volvieron la normalidad. Julián por lo menos lo intentó.

Esta imagen viene a mí con frecuencia: no sé crear, pero puedo destruir.

La credencial estaba maltratada en los bordes, le había entrado agua por las orillas. El abuelo sólo la sacaba para ahorrarse unos pesos en el supermercado el último día del mes. La cajera miraba de reojo la tarjeta y aprobaba el descuento.

Gracias, señorita, buenas noches.

Luego el abuelo se metía a la camioneta de su compadre Juan, que siempre le hacía el favor de llevarlo a la ciudad con tal de que le invitara un trago.

Trago: un descanso. Cerveza tibia. Destilado de caña.

Trago amargo: una mala noticia. El matrimonio de una hija de 16 años con un hombre oloroso a loción y metal.

Decía el abuelo que a Juan, de niño, alguien le había robado también el habla una tarde al volver del río. *Cuéntales la historia, Juan.* Juan únicamente nos miraba por el retrovisor y soltaba una risita. *Otro día, chamacos, otro día.*

Esa credencial era la única identificación que tenía el abuelo, quien nunca dejó de decirle Insen al Inapam. La primera vez que la vi, durante aquella época en la que vivimos con los abuelos, me costó trabajo creer que su nombre fuera José Francisco y no solamente José. Yo siempre le había dicho abuelo José.

Mamá lo llamaba don y le hablaba de usted, incluso cuando lo regañaba. *No hable de las cosas que no sabe*, decía, y el abuelo se quedaba callado, con toda la tristeza del mundo debajo de su sombrero. Papá no le hablaba de usted, sino de tú: *¿Qué tal, José?*, igual que todos los demás. Solamente la abuela le decía Pepe, y eso cuando estaba muy de buenas. El resto del tiempo era *viejo, viejito, ándale no seas tardado, ¿qué, tienes piedras en los zapatos?*

Lista de algunos objetos que pertenecieron a mi abuelo:
 Tres o cuatro camisetas blancas de cuello V
 Tres o cuatro camisas de cuadros que le iban quedando grandes porque fue perdiendo peso
 Dos chalecos que le tejió la abuela
 Dos pantalones: uno gris y uno café
 Una cachucha azul
 Un sombrero de palma
 Una billetera de cuero
 Sandalias casi cerradas que vistas desde cierta distancia parecían zapatos normales
 Un manual de crianza de conejos
 Un retrato de su mamá en blanco y negro
 Dos fotos tamaño infantil: Julián a los 8 años, yo a los 10

Un muchachito flaco y chaparro, vestido con el uniforme de los Tiburones. Debe tener cerca de dieciséis años. No le ha crecido bigote y unas ojeras muy negras enmarcan sus ojos de niño. Está sentado en lo que parece una sala de espera. Butacas verdes en grupos de cuatro. Una maceta con una planta de plástico. Es el hospital donde estuvo internada mamá.

Hospital: limbo. Luz blanca que cubre los demás colores. Rojo, negro, morado y verde desaparecen en la blancura. Limpieza. Una página en blanco permite empezar de nuevo.

En aquel momento nadie nos dijo que mamá estaba en un hospital. Lo descubrimos más tarde, por casualidad, al escuchar una conversación entre ella y la abuela.

Si mi hermano conservó esta fotografía fue porque el abuelo se la regaló poco antes de morir. Esperaba que su nieto heredara la afición a los Tiburones. En eso, Julián le quedó mal, pero él no se enteró.

El muchachito que sonríe a la cámara, con la señal de victoria en los dedos, se llama Valdemar López. Acababa de lograr el ascenso de los Tiburones a la primera división. Ese jovencito de huesos a medio crecer merecía la gloria y la reverencia. La inmortalidad en una fotografía que mi hermano guardó junto a los retratos familiares.

Con el tiempo, Valdemar llegó a la selección nacional y jugó dos mundiales. En el segundo fue capitán. Ganó el balón de oro el mismo año que yo entré a la universidad.

Se parecía tanto a Julián y a mí que podría haber sido nuestro primo. Mi primo el futbolista, el que anunciaba refrescos y desodorantes. Mi primo el millonario, al que acusaron de evasión fiscal. Mi primo al que la televisora no le permitió jugar en clubes europeos. Que se tuvo que quedar a pudrirse en equipos locales donde ya no pudo mejorar más su técnica ni competir contra rivales a su altura.

El abuelo tomó esa foto. Lo sé porque nos lo contó la misma tarde que la abuela nos pidió que empacáramos nuestras cosas.

Se van a casa, mijitos. Su mamá los está esperando.

Después de ese día volvimos pocas veces a la casa de los abuelos. Algunos fines de semana. Un puente vacacional de Día de Muertos. Y aquella tarde en que nos avisaron que la camioneta de Juan, donde también iba el abuelo, se había volteado en la carretera.

Los primeros días después de que mamá saliera del hospital, ellas intentaron que no nos diéramos cuenta de lo que pasaba, pero no fueron lo suficientemente discretas. La abuela le hacía las curaciones a mamá a puerta cerrada. Creían que no haríamos preguntas.

La abuela ponía a calentar agua y luego entraba a la habitación sigilosamente, cargando la ollita. Tiraba las gasas usadas en el bote del baño. Escondidas, eso sí, debajo de un bulto de papel higiénico.

Papá había desaparecido sin dejar rastro.

Rastro: despojo. Señal de que algo ha sucedido. Indicio. ¿Qué habrá sido?

Mamá habló con la directora de la escuela y la convenció de permitirnos presentar exámenes para regularizarnos. Ni a Julián ni a mí nos entusiasmaba la idea de trabajar horas extras. Él no se quejaba, sumido en su silencio acostumbrado, y a mí me desanimaba la idea de discutir.

Discutir: inclinar una balanza imaginaria, pretender mover un péndulo a base de soplidos.

La abuela volvió a su casa semanas después. Para ese entonces ya estábamos todos más repuestos. Hasta mamá había recuperado el color.

Mamá nunca nos explicó qué había sucedido en el hospital. Mucho menos, qué había sucedido horas antes de su internamiento. Un día comenzó a actuar como si nosotros estuviéramos al tanto de todo.

La tarde que cumplí 15 años me pidió que la ayudara a desinfectarse una herida de la espalda que estaba tardando en sanar.

La espalda de mamá era una constelación siniestra. Cicatrices de varios colores y en distintos relieves. Pinté con yodo un mensaje sobre su piel. Alguna clase de grito sofocado. Igual que el llanto que brotaba de mis ojos algunas noches, sin motivo aparente.

Cicatriz: recordatorio. Mamá.

La abuela estrecha la mano del comprador. He olvidado el nombre de aquel señor, pero recuerdo su voz ronca y modulada, acostumbrada al trato de gentes.

Un anillo de esmeralda refulge en mitad de la selva que es su mano peluda. Mira a la abuela, que sonríe discretamente. Es raro verla sin su delantal puesto. Trae los labios pintados. Eso también es raro.

Papá se había ido de la casa y Julián se había apropiado de su cámara. Tomaba fotografías todo el tiempo, que la abuela más tarde revelaba sin escatimar en gastos. Quién sabe a dónde habrán ido a parar esas imágenes. Eran cientos de ellas.

Imagino que Julián conservó esta foto porque fue un momento importante para todos. La venta de la casa de los abuelos.

Notaría 41, Agustín Lugo y Juan Ignacio Lugo. Padre e hijo. Letras doradas sobre un fondo blanco.

Ese día, Julián y yo caminamos hasta el centro de la ciudad. Era temporada de vacaciones y había poca gente en la calle. Mamá y la abuela llegaron en taxi. Nos reunimos en la heladería Galicia y desde ahí partimos los cuatro rumbo a la notaría.

Lugo hijo explicó que la firma de la abuela no era válida. Le sugirió, mejor, estampar su huella. La abuela obedeció. Se limpió la tinta del dedo con una servilleta.

Huella: marca, trascendencia, inmortalidad. No se puede borrar lo que no se ve.

Algunas cosas que sucedieron, demasiado rápido, previo a la cita de la notaría:

Viajamos del pueblo a la ciudad en un autobús que por poco no nos permite subir tan cargados de cajas y maletas.

Regalamos los adornos del patio de casa de los abuelos. La vecina aceptó llevarse el columpio para que jugaran sus hijos.

Trapeamos la casa igual que cualquier día. La abuela limpió la cocina con esmero, como si pensara volver a usarla.

Empacamos toda su ropa y su discreta colección de aretes de fantasía.

Mamá me dijo: *Vas a tener que hacerle espacio en tu clóset.*

Clóset: habitación. Hacerle espacio en mi rutina acelerada y egoísta de vida adolescente.

Vimos a la abuela romper en llanto a la mitad de la cocina.

Vimos al abuelo por última vez.

Después de la llegada de la abuela, estuvimos poco tiempo en la casa de la calle Floresta. Papá había dejado de pagar la renta y un día nos avisaron que teníamos que irnos a otro lado. Empezábamos a creer que no volveríamos a verlo.

La de Floresta era una casa fría y oscura. A mamá le preocupaba que la fuéramos a echar de menos. La verdad era que nadie iba a extrañar esa casa. Museo de recuerdos tristes, con fantasmas por todos lados.

Mamá encontró un departamento en el multifamiliar Siglo XXI. Tres recámaras. Lo que significaba que yo seguiría compartiendo cuarto con la abuela. Julián tenía su propia habitación, pero se pasaba las tardes metido en el cuarto de mamá viendo la tele.

Habitación: espacio físico o mental. Cada uno de los compartimentos del cerebro de mi hermano. Algunos cerrados con llave.

Mamá consiguió trabajo en una clínica veterinaria. Fue la primera vez que nos enteramos de que se había certificado como técnica en pequeñas especies al terminar el bachillerato, más o menos por la época en la que se casó con papá.

La abuela roncaba todas las noches. En las mañanas, dejaba el aire impregnado con su aroma frutal, melcochoso. También tenía el hábito de rezar diez minutos antes de dormir y al despertar. Le apestaban los pies en los días soleados porque se negaba a ponerse talco. Se ponía mis tenis como chanclas para ir al baño a media noche.

En aquel entonces esos detalles me irritaban. Hoy son recuerdos que atesoro. Esto lo hablé alguna vez con Julián.

Cuando digo que hablé algo con Julián, lo que en realidad quiero decir es que yo hablé y él escuchó. Así eran las conversaciones que teníamos.

Hablar: enviar un mensaje. El silencio también es un mensaje. No hablar es hablar.

La abuela con su delantal rojo, vestido negro y guantes de hule. Chongo en la cima de su cabeza. Un gesto de ligereza. En esa imagen, Julián capturó sin equívoco su esencia.

Un par de meses después de nuestra llegada al multifamiliar, plantó un naranjo en el camellón central.

Esto es lo que su abuelo hubiera querido.

En la foto aparece ella al lado de un arbolito que le llega a la cintura. Hay una pala oxidada en el suelo y una cubeta vacía que debió contener agua.

No dejó que la ayudáramos. *No, criaturas, esto es algo que tengo que hacer yo misma.* Pasó toda la tarde cavando hoyos, ninguno la convencía. En la imagen, esos agujeros ya están tapados y parecen pequeñas tumbas.

Semanas antes, habíamos enterrado al abuelo en el panteón junto a la iglesia del pueblo. La abuela quiso plantar ahí mismo el naranjo, pero las autoridades de la iglesia no se lo permitieron. A ella la decepcionó la negativa, pero de inmediato concedió que lo mejor sería plantar el naranjo en algún sitio donde pudiera tenerlo cerca, verlo todos los días y hasta conversar con él de vez en cuando.

Durante las horas que la abuela pasó haciendo hoyos y tapándolos, los vecinos del multifamiliar comenzaron a inquietarse. Las reglas eran muy estrictas en cuanto a cambios y renovaciones del inmueble, ni qué decir sobre modificaciones al paisaje. Una anciana del tercer piso, viuda igual que la abuela, se acercó a conversar con nosotros. La curiosidad que le producíamos parecía resultado de su aburrimiento. Mamá le explicó con calma la situación y ella se mostró comprensiva. Subió a su departamento y regresó con una lata de galletas que mamá y yo probamos con gusto. Mi hermano rehusó con la cabeza. La viuda intentó convencerlo, moviendo las manos como una jugadora de beisbol indicando la estrategia a la distancia. Fue entonces cuando nos dimos cuenta de que en el edificio todos creían que mi hermano era sordomudo.

A la abuela ese malentendido le provocó risa. A mamá, enojo. No sé qué habrá pasado por la cabeza de Julián, pero no puedo evitar pensar que aquel día algo se rompió adentro de él. Algo que estaba roto desde antes.

Mi hermano come una paleta helada, sentado en la banca metálica de un parque que no conozco. Está en otra ciudad. Esa foto debió de habérsela tomado mamá durante alguno de los fines de semana en los que viajaron a la capital para consultar al especialista que le devolvería el habla.

No recuerdo haber convivido mucho con mi hermano en aquella época. Desde antes de que papá se fuera de la casa, él siempre se la pasaba pegado a mamá. La seguía por todos los cuartos como un perrito entrenado. Cuando mamá empezó a trabajar en la veterinaria, Julián comenzó a rondar a la abuela. Pasaban horas sentados frente a la tele, viendo novelas y programas de concursos. La abuela lo empleaba como ayudante al cocinar, también le pedía que sujetara los estambres mientras ella tejía. A papá lo habría irritado mucho esa dinámica, pero ya hacía varios meses que no teníamos noticias de él. A ratos, visto desde cierto ángulo, me daba la impresión de que mi hermano recuperaba la normalidad. Luego la perdía nuevamente.

Normal: que responde cuando le preguntas algo. Que saluda cuando llega y se despide cuando sale.

Anormal: que te mira con ojos bovinos, desconociendo tu idioma. Que señala con el dedo para no nombrar. Que asiente con la cabeza para no pronunciar un sí.

Aquellos fueron meses de reparaciones. Comenzamos tratamientos ortopédicos. Yo empecé a usar plantillas adentro de los zapatos; Julián, unas botas rígidas que lo hacían verse ridículo. En la foto las trae puestas.

Como no hablaba, no podía quejarse. Sólo le quedaba apretar los dientes. Estaba atrapado y comenzaba a perder de vista la salida de su propio laberinto. Cada vez era más evidente que requería algún tipo de atención profesional.

¿Qué habría sido de mi hermano si la hubiera recibido?

Es difícil adivinarlo. El tratamiento de Julián quedó en suspenso. Igual que muchas otras cosas. El mundo entero se congeló de pronto aquella tarde de domingo en que papá volvió a nuestras vidas, dispuesto a revolverlo todo.

Diagnósticos que podrían haber explicado el silencio de mi hermano:

Trastorno por déficit de atención
Trastorno del espectro autista
Trastorno por estrés postraumático
Trastorno por estrés agudo
Trauma psíquico
Lesión cerebral
Deterioro cognitivo leve
Depresión clínica
Susto
Berrinche
Inmadurez
Necedad
Mala suerte

Papá entró al departamento por primera vez. En pocos minutos ya se había adueñado del espacio. Él y mamá se sentaron frente a frente, en la mesa de la cocina. Julián y yo ocupamos las sillas restantes. La abuela se mantuvo de pie, desgranando elotes en la tabla de picar.

Se veía excepcionalmente grande, papá. Piernas abiertas y una mano apoyada en el muslo. Relajado. Siempre había sido alto y grueso, pero en la pequeñez del departamento su presencia se agigantaba.

Está muy chiquito aquí, ¿no?

El silencio fue total. Parecía que quería aplastarnos con sus puños de piedra.

Bueno, ¿y qué hay de cenar?

Mamá me miró, esperando una reacción de mi parte. Se llevó la mano a la boca y en ese momento me di cuenta de que durante aquellos meses había dejado de morderse las uñas.

Yo tenía 16 años. Me había vuelto contestona. Mis maestros me consideraban inteligente, pero criticaban mi mala actitud. Decían que era grosera. No sabían que me había tomado mucho tiempo construir un escudo para defenderme de todos.

Me puse de pie y abrí el refrigerador. Quedaba un poco del guisado de ese día: pollo con mole. Lo calenté en el microondas. No tuve el valor de aventárselo a la cara. Lo coloqué con delicadeza en la mesa y le alcancé una cuchara.

Cuando hubo terminado su cena, papá dispuso, igual que siempre lo había hecho.

Está visto que aquí no cabemos. ¿Te parece si me llevo a los niños los fines de semana? Estoy rentando una casa en la Unidad Progreso.

Progreso: mejora, avance. Un antes y un después. El progreso de uno es la desgracia del otro.

Yo no quiero ir, dije, mirando la mesa.

La respiración de mamá se aceleró.

¿Parece que te estoy preguntando?, dijo él, incorporándose. Monstruoso. Descomunal.

El aroma de su loción tardó en abandonar el departamento. Se había roto nuestro frágil equilibrio.

No llevó su plato sucio al fregadero.
   No agradeció el alimento.
   No nos preguntó cómo estábamos.
   No nos explicó dónde había estado él tantos meses.
   No lamentó la muerte del abuelo.
   No ofreció disculpas por su comportamiento.
   No.

En aquel entonces yo ya no esperaba nada de papá, y, sin embargo, estaba segura de que él en cualquier momento podía hacer algo excesivamente peligroso o errático. Como aventar a Julián por la ventana. Como dejarme sin comer durante una semana en un intento por volverme flaca.

Era evidente que no había acondicionado un lugar para nosotros en su casa. Quería que durmiéramos en un estudio frío donde sobraba la humedad.

La primera noche ahí, Julián y yo peleamos por quién merecía el colchón y quién la hamaca. Papá perdió la paciencia. Su expresión reveló que estaba a punto de atacar a mi hermano. Fosas nasales abiertas, frente roja, movimientos bruscos de cara y manos. Se acercó velozmente a él, como había hecho mil veces antes.

Pero algo era distinto. Muy distinto.

Control: poder, sometimiento. Contención de sí mismo. Dominar al oponente.

Papá se descontroló.

Descontrol: disrupción. Mirarse al espejo y no reconocerse.

No sé qué habrá pasado en ese momento por la cabeza de mi hermano. He elaborado varias teorías a lo largo de los años.

Julián ganó aquella batalla, la definitiva, con tres movimientos certeros. El primero fue alzar la mirada. El segundo fue romper el silencio. *No.* El tercero fue salir por la puerta.

Negativa: jamás, nunca, basta, detente.

Negativa: no.

Esa noche dormí mal por el miedo a que papá se despertara a media noche a desquitarse conmigo. Podía lastimarme de tantas maneras que recibir un golpe de su puño era el menor de mis temores.

A la mañana siguiente, me preparó el desayuno más espléndido. Huevos revueltos. Jugo de naranja. Incluso me dejó comer salchichas y tocino. Accedió a compartir conmigo un pedazo de pan de dulce. No aludió a mi gordura cuando le dije que ya me había llenado.

Julián no volvió a casa de papá. Yo sí volví, varias veces.

Para mí no era fácil saber si mamá me quería cerca de ella o si me consideraba un estorbo. Nunca habíamos sido especialmente unidas. Desde chica yo siempre había sentido que sólo tenía ojos para Julián. Ella y yo nunca hablábamos de nada que no fuera mi hermano, la casa, la escuela o los abuelos. Reservaba para Julián algunas historias sobre su vida antes de casarse. A mí me gustaba escucharla, a lo lejos. Sabía que no le molestaba que lo hiciera.

Julián también reservaba para ella sus palabras. Las pocas frases que decía de vez en cuando casi siempre estaban dirigidas a mamá.

Reservar: apartar, atesorar. Tú y yo juntos en este pedacito de mundo. Los demás se quedan afuera, no los necesitamos.

Mamá y Julián.

Julián y mamá.

La abuela a un lado. Rodeándolos. Un triángulo. Un equipo de tres al que le sobraba yo.

No busco justificarme. Desde muy pequeña siempre supe el tipo de persona que era papá. Igual me dejé envolver. Intentaba proyectar una imagen de rudeza, pero a los 16 años papá me regalaba el abrazo que siempre me había negado. Y que nadie más me ofrecía. ¿Qué había de malo en tomarlo?

Amar siempre es una traición porque implica elección, y toda elección conlleva una renuncia. El peor de los escenarios es pararse frente a un espejo. Traicionarme a mí misma. Más tolerable es la idea de amar a otro, renunciando a las demás posibilidades. Amar incondicionalmente a mi hermano. Amar a una pareja mientras me parezca sensato.

No hay escape a las bifurcaciones. Mundos se abren y se cierran ante nuestros ojos. Morimos un poco tras cada elección.

Amar es un perpetuo dilema de índole moral y ética. Un ejercicio de reflexión donde no hay respuestas equivocadas. Todos los caminos conducen al sufrimiento.

Una casa de una sola planta. Mitad madera, mitad hormigón. La lámina del techo está manchada de hollín. En la pared, un desfile de letras mal trazadas indica que se trata de una cocina económica. Esos símbolos extraños también revelan el menú: *pansita, lomo, choriso y frijoles de la oya.*

Me desconcierta el criterio de mi hermano para conservar ciertas imágenes. Recuerdo con claridad el motivo por el cual le regalé esta foto. Papá y yo iríamos a comer, así que le pedí a Julián que me prestara la cámara, que para entonces ya era suya. Tiempo después, la abuela reveló el rollo y yo le mostré la imagen a mi hermano para que viera el tipo de cosas que estábamos haciendo papá y yo.

Yo creo que ahora sí es distinto, le dije. Él, por supuesto, no respondió nada.

No sé todavía qué reacción esperaba provocar con mis comentarios. Envidia. Lástima. Comprensión. ¿Qué buscaba? ¿Que conviviéramos los tres en familia? Eso nunca había pasado. Me estaba engañando a mí misma.

Tampoco sé en qué momento asumí que era mi responsabilidad pegar lo roto.

Pegar: integrar, reunir. Que la familia exista de nuevo. Convencer a todos los involucrados de quererse unos a otros.

A papá le gustaba llevarme a ese tipo de lugares rústicos donde preparaban la comida artesanalmente. Frijoles ahumados. Maíz molido en piedra. Café de olla con un asiento terroso de piloncillo. Le interesaba que yo conociera esa realidad. También le gustaba la idea de ahorrarse unos centavos. No solamente había aceptado mi sobrepeso, ahora incluso lo gestionaba. Sabía que yo comía en exceso y que en esos lugares gastaría menos dinero. Valía la pena manejar media hora en caminos de terracería con tal de que mi hambre insondable no le hiriera la cartera.

Ése fue uno de los lugares que se convirtieron en territorio de papá. Otros: la tienda del Seguro Social. Aquel Jetta negro que antes era de los cuatro y ahora pertenecía únicamente a él. Los merenderos donde creí ser feliz, amar a mi padre, disfrutar la comida que él me regalaba.

Yo sabía que amarlo era una traición, igual que fantasear con que mamá lo perdonaba. Mi hermano seguía encerrado en sí mismo. Solo y en silencio, pasaba los días encarcelado al interior de su propia mente. Y mientras tanto yo compartía con mi papá el bullicio. El repiqueteo de las cazuelas. Gritos de señoras. Música popular. El tintineo de su cerveza al chocar con mi refresco. Por sobre todas las cosas, sus carcajadas de villano encantador. Risotadas de crueldad amable, de complicidad traidora, de amor violento, impulsivo, peligroso, hipócrita. Pero amor a fin de cuentas.

Cosas que Julián heredó de mamá:
    Su complexión delgada, casi esquelética
    La delicadeza de sus movimientos
    Las cejas puntiagudas
    El pelo delgado y lacio
    Los dedos de los pies
    El silencio
    La fascinación por lo dulce
    El amor por los animales
    La mirada esquiva
    La disculpa fácil
    Las ojeras
    El miedo a estorbar
    Temores varios

Cosas que yo heredé de mamá:
    La forma de la cara
    La boca y algunas expresiones

Desde que mamá trabajaba en la clínica veterinaria, la casa poco a poco fue llenándose de animales. El primero fue un gatito negro al que mamá bautizó como Mostacho II. No tenía mancha debajo de la nariz, pero igual parecía un digno heredero del trono de Mostacho I. Lo aceptamos como el continuador de aquel reinado fugaz.

Heredero: cónyuge, hijo, nieto. Influencia. Contagio. Heredé de mi padre los ojos y la destreza para la manipulación.

Tuvimos tortugas, un loro y varios perros. Mi hermano se comunicaba con ellos en un idioma que no era ni humano ni animal, sino algo intermedio. Mamá decía que los loros de cabeza azul sí hablaban. En cualquier momento nuestro loro comenzaría a dar alaridos y proferir obscenidades.

Me gustaban las mascotas. Pasaba horas acariciándolas y las defendía de los vecinos que se quejaban de los ladridos. Pero no dejaba de parecerme curioso que todas las dotes protectoras y de crianza de mamá hubieran ido a parar a una manada de animales. Por el contrario, para mí no había cuidados especiales.

Papá no quería que mamá llevara a Julián al médico. Decía que lo que él tenía era un problema de actitud. Amenazaba con quitarle a mamá el dinero que le correspondía. No obstante, aunque ella cumpliera con sus mandatos, la pensión igual llegaba incompleta. Y mientras tanto, la casa cada vez más llena de animales.

La abuela estiraba el dinero con guisos que rayaban en lo excéntrico. Enchiladas de retazos de jamón. Chayotes fritos en vez de papas a la francesa. Alrededor, los animales.

Al final el único que se quedó con nosotros fue el loro. No sé a dónde fueron a parar todos los demás. Creo que mamá y Julián los llevaron a algún refugio, después de la pelea en la que papá vociferó que, si no se deshacían de los animales, estaba dispuesto a incendiar la casa.

Para mí, las peleas se sentían peor cada vez. Porque yo quedaba en medio. Todo era más sencillo cuando mi equipo estaba claramente definido. Cuando resultaba incuestionable quién era el villano. Ahora, con los límites desdibujados, nada parecía tan fácil.

Equipo: familia, tribu, aldea, clan. Equipo es el conjunto de personas en quienes se puede confiar. Mi equipo puedo ser yo misma. En ese caso la batalla es contra todos.

Casi nada de lo humano, de lo que consideramos como estrictamente social, es calculable en términos objetivos. El amor. La lealtad. No hay una balanza que indique el peso y las dimensiones de este remordimiento que traigo a cuestas desde aquella época en la que decidí querer a papá a pesar de todo.

Una conversación no conoce absolutos. Quizá podamos calcularla en porcentajes, aunque no deberíamos.

Cuando platicaba con mi hermano, el 99% de las palabras que se decían eran mías.

¿No vas a contestar nada? Chingada madre, Julián, te estoy hablando de algo muy importante.

Importante: relevante, urgente. El cumpleaños de mamá. La mudanza de papá. La muerte del abuelo. El costo del garrafón de agua. Mis novios.

Pero Julián no me regalaba ni una palabra. En casos extraordinarios, algunas cuantas frases que para mí equivalían a nada.

Está bien.

Sí.

Perdón.

Los porcentajes de ninguna manera reflejan la calidad de una conversación. Ésta no puede calcularse. Depende del criterio de los involucrados.

Papá, por ejemplo, hablaba poco conmigo, como no fuera para organizar la logística.

Trae servilletas.

Era hasta que un tercero se integraba a la ecuación que él se convertía en el hombre más platicador del mundo. En especial si era una mujer. No importaba que se tratara de una desconocida que no volveríamos a ver jamás. El cariño de mi papá hacia mí era una puesta en escena. Yo estaba consciente de ello y me conformaba. La mujer se sentaba en nuestra mesa. Papá le ofrecía de nuestra comida. Luego relataba mis logros en la escuela, exagerándolos. Presumía la sensibilidad de mi hermano, su interés por la fotografía. Inventaba que Julián no estaba presente porque estaba ocupado estudiando.

A las mujeres les fascinaba papá. Él contaba planes de viajes que nunca se concretarían. La sola idea de esos paseos era, en aquellos momentos, suficiente para alegrarme.

La felicidad no se puede medir. A veces ni siquiera creo que realmente exista.

La decepción tampoco se puede calcular. Qué bueno. Pesa demasiado. Acaso lo único mesurable sean sus consecuencias. Lágrimas. Días sin salir de la cama. La decisión de mudarme lejos, muy lejos de aquella ciudad.

Estoy en posición de firmes. Pies rectos. Las plantillas ortopédicas han hecho bien su trabajo. Traigo puesto el uniforme de la escuela: suéter verde de manga larga y el escudo del CBTIS 9. Uno de los últimos bachilleratos en obligar a los alumnos a usar uniforme y a rendir homenaje a la bandera.

Formo parte de la escolta, soy la retaguardia derecha. Casi no me distingo en la foto. Al frente se ve Carmen Mota, la abanderada, protegida con guantes blancos. La rodean otras cuatro muchachas de las que no recuerdo el nombre.

Que mi hermano haya conservado esta fotografía me sorprende. En aquel entonces yo estaba en tercer año, lo que significa que él estaba en primero. Llevó su cámara a la escuela para fotografiar mi gran momento. Tenía estas maneras extrañas de demostrar afecto.

Carmen Mota fue la única chica de la secundaria con la que yo establecí una relación de amistad o algo remotamente parecido, y sólo porque nuestras casas quedaban cerca una de la otra. Recuerdo que le costaban trabajo las oraciones subordinadas y yo me ofrecí a ayudarla. Solía ir a mi casa después de clases, decía que siempre se había preguntado cómo serían por dentro las casas del multifamiliar.

La abuela preparaba tortas para la merienda, exceptuando aquellos días en los que algún vecino acudía a la casa para que ella lo sobara. Se había corrido la noticia en el edificio de que en nuestra casa habitaba una curandera.

El lunes del suceso, papá y mamá acudieron a verme. No era para tanto, una escolta cualquiera. Sin embargo, papá había desatado esa guerra fría que nos tenía a todos en tensión. Estaba decidido a demostrar que él desempeñaba mejor su papel de padre. Mamá se hallaba inmersa en una contienda, sin saberlo. Era competidora involuntaria en el reality show que era mi vida.

Llegaron por separado y se sentaron alejados el uno del otro. Cuando terminaron los honores patrios, cada muchacha se acercó a sus familiares para recibir felicitaciones. Yo había visto a mamá aplaudir durante la declamación, así que me acerqué primero a ella. Quería escucharla decir que estaba orgullosa de mí. La multitud me impedía caminar más rápido. Por fin la encontré, sentada al lado de mi hermano, sosteniendo su mano. Otra vez Julián había llorado. Otra vez estaba encerrado en sí mismo. Había en la escena toda la ternura y gentileza que una madre puede profesarle a su hijo. Toda la devoción y el cuidado que yo anhelaba para mí. Pero que yo no recibía, porque yo sí hablaba. Porque yo no era un animal moribundo.

Papá me esperaba en la explanada, a varios metros de ahí. Cruzado de brazos, recargado en una pared. Su loción impregnaba el ambiente, dejando a su paso un regusto ácido. Me abrazó y me dio cien pesos. Mi pago por haber elegido al equipo correcto. Él y yo. Nadie más. Una dupla de ganadores natos. Atrás quedaban los débiles, los fracasados. Nunca más el silencio.

La mirada de papá era seductora, como son todos los incendios. El espectáculo del fuego siempre es hermoso, y más porque irradia peligro. Podrías mirarlo eternamente o dejarte consumir por él.

Yo hubiera querido quedarme a vivir en alguna de las historias de papá. Nada me habría hecho sentir más orgullosa que convertirme en alguno de los personajes de sus anécdotas. Risas. Fiestas.

Nunca sucedió. A mí siempre me tocaba ser, a lo mucho, un personaje secundario.

Secundario: auxiliar. Desechable, y al mismo tiempo imprescindible. Es gracias al secundario que el protagonista brilla más.

Sin embargo, papá me hacía creer que mi papel era aún más importante que el de cualquier personaje. Yo era el público. El espectador tiene el privilegio de la opinión, el show entero está empeñado en agradarlo.

Mi aplauso era fácil, cautivo, pero me gustaba imaginar que era valioso.

Al mirar un incendio, es fácil creer que se tiene todo bajo control.

Reviso una y otra vez, compulsivamente, las vías de escape. Me convenzo de que, corriendo, podría ganarle en velocidad a las llamas y salvar mi vida en una última proeza sobrehumana.

La mirada de papá era un abismo, su aparente brillo era un engaño.

La luz golpea en el cristal, que la devuelve hasta perderse en el infinito. Papá frente al espejo, seduciéndose a sí mismo.

Algunas cosas que heredé de papá:
    La piel peluda
    Los huesos anchos
    La capacidad de herir
    La amargura
    El gusto por la música ranchera
    El apetito
    La soberbia
    El don de la traición despreocupada

Algunas cosas que me hubiera gustado heredar de papá:
    Su pericia al volante
    Su sentido del humor
    Su elocuencia

Sostenido en una sola pata, el loro mira el techo de su jaula. Su rostro despliega una expresión de burla, esa que ponen los loros cuando un humano se les acerca con la intención de conversar. Su cabecita azul contrasta con el amarillo de sus ojos, más brillante que el más delicado de los cristales.

El loro fue compañero de mi hermano durante algún tiempo. Después se convirtió en el mejor amigo de la abuela. Entre los dos alternaban turnos para educarlo. Julián le tomó miles de fotografías. Hoy sólo sobrevive ésta.

Era bonito por todos lados. Por mucho, el más lindo de los animales que desfilaron por la casa. Más agradecido que cualquier ser humano. Más simpático.

La abuela quería conversar con el loro. Con ese pájaro terco que nunca había pronunciado una palabra. Metía la mano a la jaula para acariciarle el cuello con dos dedos. Se deshacía en halagos hacia él.

Qué lindo, qué bonito, qué chulo. ¿Quién es el más hermoso de todos los pajaritos?

El loro miraba, confundido, a aquella anciana enigmática que entonaba boleros mientras retiraba de la jaula los periódicos sucios. Nunca le dedicó una palabra, pero algo en su forma de mirarla denotaba cierto tipo de amistad.

Dos criaturas establecen una relación inexplicable. Él, silencioso. Tiene el don de la palabra pero no hace uso de él. Ella, ruidosa. El sonido de su voz: una explosión que se desborda por todos lados. El loro y la abuela. Simbiosis. Cariño. Un hilo invisible. Mi hermano y yo, igual que ellos.

Mi hermano nunca me dijo que me quería. En cambio, hizo estas cosas:

Me preparó un pastel cuando cumplí ocho años, con ayuda de mamá.

Me ayudó a construir una maqueta de ecosistema selvático en sexto grado.

Me regaló sus guantes de bici cuando comencé a irme sola a la secundaria.

Me fotografió muchas veces sin que yo me diera cuenta.

Compraba algo para mí cada vez que bajaba al Oxxo.

No me juzgó cuando elegí a papá.

Me abrazó cuando murió el abuelo.

Me abrazó algunas otras veces.

Intentó hacer lo que yo quería que hiciera.

Aceptó mudarse conmigo.

El simulacro de romance ingenuo y dispar que sostuve con papá durante algunos meses terminó cuando me fui de la ciudad. Ojalá hubiera terminado antes. Para ese entonces la confusión y el remordimiento ya habían echado raíces imposibles de arrancar.

Cuando estaba con mamá, todo en ella me irritaba. Tímida. Apocada. La ternura que algún día me habían provocado sus gestos delicados ahora me causaban vergüenza. Hubiera querido arrancarle el liquen que traía siempre pegado a la piel: mi hermano Julián. Ambos una entidad amorfa e intrascendente. Una presencia incómoda en pos de la invisibilidad.

En aquellos momentos me daban ganas de salir corriendo, pero debía esperar hasta el sábado. Día de ver a papá. No quería que él interpretara mi arrebato como un signo de debilidad.

A su lado las cosas eran más sencillas. Una dinámica de estímulo-recompensa. Si le llevaba dieces, me ganaba una sonrisa. Si yo fallaba, venía el regaño. Culpa mía.

El mundo se volvía confuso cuando el estímulo no era claro o cuando la respuesta no iba acorde con los resultados presentados.

Confusión: mareo, desconcierto, sinestesia. Un sueño. En un hogar en orden, de pronto alguien descubre una habitación secreta donde todo está invertido.

Cada vez que yo decía algo de la abuela, papá la insultaba. Yo sentía como si esas palabras estuvieran dirigidas a mí. Podía renegar de mamá y de Julián, pero me molestaba mucho que criticara a la abuela. La llamaba ignorante. Se burlaba de su aspecto, de su forma de hablar.

Qué va a saber esa vieja mensa.

Entonces el mundo se volvía al revés. Yo sentía ganas de correr hasta alcanzar a mamá. Abrazar a Julián, rogarles que me aceptaran en su equipo. Estaba dispuesta a pagar mi cuota de entrada.

Las palabras de papá eran navajas y él lo sabía. Iba clavándolas una por una, hasta que el dolor era inaguantable. Me quedaba en silencio, petrificada. Soportaba estoicamente que él terminara de vomitar el desprecio que sentía por todo lo que yo amaba. Papá me lastimaba sin tocarme. Me tenía amarrada con una correa invisible que podía jalar cada vez que quisiera.

Algunas formas en las que papá me hirió:

Al hablar de mis fracasos: *hasta parece que te gusta perder*

Adjetivos y analogías para hablar de mi sobrepeso: *gorda, marrana, lonjuda, deforme, ¿qué no quieres tener novio cuando seas grande?*

Adjetivos varios: *exagerada, histérica, chillona, ya estás como tu mamá*

Gestos: las cejas alzadas, los labios en pico que denotan desagrado

Insultos

Amenazas

Desprecio

Severidad

Comentarios sobre mamá: *lo que tiene de bruta lo tiene de fea*

Comentarios sobre la abuela: *esa pinche vieja bruja*

Comentarios sobre Julián: *tu hermano el puñal*

Violencia física

Destrucción de objetos inanimados: vasos, platos, cuadros, libros, la televisión, la puerta de mi recámara

Destrucción, también, de mi hermano Julián

Las veces que desapareció por temporadas

Las veces que regresó a nuestras vidas

Muriéndose

Tuve un enfrentamiento con papá antes de irme. Le conté que había solicitado ingreso a una universidad de otra ciudad y que me habían aceptado. Pensé que se pondría orgulloso, pero la verdad es que nunca se sabía cómo iba a reaccionar. Sus arrebatos eran tan impredecibles que yo a veces agachaba la cabeza para cubrirme el rostro ante una inminente bofetada, cuando lo que él buscaba era darme una palmada de aprobación.

¿Y cuándo me pensabas decir que te quieres ir a vivir fuera? Su tono grave, un rugido de ataque.

Te estoy diciendo ahorita. Yo, la presa.

¿Y cuándo me pediste permiso?

Mi estrategia: ser Julián por unos minutos. Vestir su cuerpo. Resguardarme tras la misma muralla. El impulso de quedarme callada. Adentro del laberinto no siempre se está perdida; a veces, también, se está a salvo.

Los reclamos de papá eran inconexos. Ilógicos. Del asunto de la universidad saltaba a la ignorancia de la abuela. Al mal uso que hacía mamá de su dinero.

Ese pinche loro que tienen. Esos animales traen enfermedades.

Yo era cobarde. Lo sigo siendo. Me embarco únicamente en las pequeñas batallas insulsas y estériles que sé que puedo ganar. Peleas con desconocidos de internet. Gritos al dependiente de un banco que quiere cancelarme un cheque. Burlas hacia la gente que se estaciona en lugares prohibidos, que no permite el cruce de los peatones. A los ciclistas que van por la banqueta.

A mi padre, jamás. Para él: la mirada baja, sumisa. El silencio de los rotos.

La voz de papá, desde afuera, retumba en las paredes de mi laberinto.

Un perro negro de pecho blanco y mirada triste. En la fotografía descansa sentado sobre sus cuartos traseros. Está herido de una pata. No decide si acostarse o huir. Igual que yo.

Sin duda ésta es una de las mejores fotos que tomó Julián.

Ése fue el último perro que llegó a la casa antes de que yo me fuera a vivir a otra ciudad. La abuela lo nombró Pepo. Perros entraban y salían de casa durante aquellos días. Mamá los recogía de la calle y los curaba en la clínica. Luego nos los llevaba a nosotros para que los cuidáramos hasta que se recuperaran.

Mamá era un refugio para los desafortunados. No para mí.

Fortuna: suerte, condición que no se elige. El golpe de un rayo. Ganarse la lotería.

Buena suerte: que nadie tenga que cuidarte.

Mala suerte: que nadie te cuide.

Para ese entonces, Mostacho II iba y venía entre los distintos departamentos y no se sabía si era realmente nuestro o tan sólo un visitante. Algo curioso es que nunca intentó cazar al loro. En ese sentido ambos eran inteligentes. La verdad era que el equipo conformado por mamá, la abuela y Julián había logrado recuperar su frágil equilibrio. Yo nunca dejé de sentir que sobraba. Por eso me fui.

La abuela decía que los animales maltratados tenían dos destinos. Algunos se volvían agresivos. Había que tener cuidado con ellos porque te podían arrancar la mano, cualquier ruido raro podía detonar su ataque. Otros se volvían sumisos. Miedosos. El maltrato los empujaba a un lugar del que luego no lograban volver. Se quedaban ahí para siempre. Un limbo oscuro de ojos sin brillo, donde nadie logra conciliar el sueño.

Como mi hermano.

Pepo se recuperó al paso de los días. Su herida cerró y en su lugar quedó una cicatriz que lo hacía lucir más viejo. Movía la cola a la hora de comer, agradecido, pero nunca llegó a ser un perro de familia. Se conformaba con su mundo de caminatas cortas y agua limpia. Una cama donde pasar la noche en eterna vigilia. El limbo que nunca se abandona porque no hay escape a los propios demonios.

Dos

Entre los rotos nos reconocemos fácilmente. Nos atraemos y repelemos en igual medida. Conformamos un gremio triste y derrotado. Somos la aldea que se fundó junto al volcán, la ciudad que se alzó sobre terreno inestable. Todos los días son el día del gran terremoto. Se vendrá abajo nuestro pueblo. De un momento a otro desaparecerá de la faz de la Tierra.

Al llegar a la ciudad, lo primero que me gustó fue el ruido. El zumbido incesante de personas y automóviles. La imposibilidad del silencio. Mi voz, perdida entre otras mil voces. El anonimato.

Silencio: afuera. Ausencia, vacío. Nunca más ese pasado.

Renté un cuarto para estudiantes en una avenida muy transitada. Luces encendidas toda la noche. Taquerías y bares abiertos. Movimiento de platos, botellas y vasos. Bullicio. Canciones de mariachi a altas horas de la madrugada. *Yo sé bien que estoy afuera.* También me compré un radio.

En esa casa vivían otras dos personas, pero no logré entablar relación con ninguna de ellas. Un estudiante chino o japonés que preparaba arroz en microondas y luego nos convidaba a los demás. También la dueña de aquella casona vieja de paredes rugosas y rotas. Ella con frecuencia me invitaba a acompañarla a la mesa, preparaba guisos que me recordaban a los de la abuela. Yo declinaba la invitación, igual que rechazaba el arroz del chino. Luego me encerraba en mi habitación a reflexionar por qué me daba tanto miedo la gente.

Había pasado toda mi vida esperando justamente eso. La cómoda espontaneidad de las personas normales, su conversación azarosa, inofensiva. Saludos como miradas. Gritarle al mundo: existo.

Tardé poco en darme cuenta de que mi problema no era el silencio, sino la soledad. El sentido de no pertenecer a ningún lado. Haber perdido a mi tribu. Haberla olvidado. ¿O nunca la había tenido?

Mi hermano y yo: el continente que se fragmentó. Islas deshabitadas.

El silencio de mi hermano no era algo que flotara alrededor de él, asediándolo. Se había convertido en su naturaleza. La soledad cumplía para mí el mismo rol. Más que una circunstancia indeseada, era el núcleo último de mi existencia. El centro de mi muralla. Mi escudo y mi propia destrucción.

Soledad: adentro. Ausencia, vacío. Presente inescapable.

En el juego de espejos que es a veces el mundo, yo siempre rehuí de mi reflejo más acertado. La gente que se parecía a mí con frecuencia me parecía la más detestable. Tardé varios años en darme cuenta de esto, y descubrirlo fue una especie de revelación.

Hasta la fecha me resulta un enigma cómo fue que logré acercarme a Ana, si éramos tan parecidas. Mismo color de piel, la misma manía de mordernos las uñas.

La conocí en la escuela, me tocó hacer equipo con ella en alguna de las dinámicas de integración. Noté que me gustaban su ropa y su forma de hablar. Apunté su nombre y apellido en un papel con la intención de que no se me olvidaran. Al terminar la clase ella se acercó a mí y me pidió que la acompañara a visitar a un amigo.

Si voy con alguien puedo desafanarme más rápido.

Me había mudado a la ciudad hacía meses y hasta el momento no había logrado hacer muchos amigos. Aun así, me resistí ante su ofrecimiento.

Ándale, y te invito una cervecita.

Ella tuvo que convencerme de hacer algo que yo quería hacer desde el inicio. A veces mi comportamiento es una sorpresa para mí misma.

Tomamos cervezas en un bar cerca de la escuela. Ana no logró deshacerse de su amigo y él terminó acompañándonos. Se llamaba Memo. Antes de presentármelo, Ana me había advertido que era un muchacho encantador, de risa fácil.

No dejes que te saque mucha conversación o estás perdida.

Era ese mismo encanto lo que ahuyentaba a las personas. A su lado, el tiempo se iba de prisa, las responsabilidades se aligeraban. Bastaba un par de vistazos a su sonrisa de dientes minúsculos para querer quedarse en la cantina para siempre. Memo era hermoso y al mismo tiempo era peligro. Una combinación que yo conocía bien, y que de todos modos me atrapó. El incendio.

No tengo manera de saber si las cosas que hago son producto de mi voluntad razonada o si no son más que vestigios de una conducta aprendida a lo largo de los años. Reacciones. Tampoco puedo detenerme a pensarlo demasiado. Actúo. Razonar implicaría volver al silencio. Un movimiento intempestivo se asemeja más al sonido.

Reacción: consecuencia lineal u opuesta. Si me dices *salta*, yo salto. Si me dices *salta*, dejaré de hacerlo para siempre.

Durante los primeros meses que estuve fuera de casa bajé más de diez kilos. Mi sobrepeso no era excesivo, como papá me había hecho creer de niña, pero me tomé tan en serio la dieta que no descansé hasta reducir mi talla de manera radical. Nunca había aceptado sus consejos nutricionales, pero una vez lejos de él me dediqué a ponerlos en práctica.

Todavía no sé si bajé de peso porque quise hacerlo. Por lo menos eso fue lo que me dije a mí misma en aquel momento. Frente a papá: el escudo. Fuera de su vista: la obediencia. Ganarme su cariño diez años demasiado tarde y sin que él llegara a enterarse.

Me arrepiento de haber engañado a Memo con media ciudad. En aquel entonces me daba por pensar que se lo merecía. Era demasiado encantador, iba a terminar lastimándome. Nuestra relación no podía durar. A él le gustaba platicar y a mí se me agotarían los temas de conversación.

Yo no era papá, por mucho que me empeñara en jugar a serlo. No tenía aquel catálogo inagotable de historias ni el carisma de un hombre que se sabe dueño del mundo.

Acabaría decepcionando a Memo, a Ana, a todos Por eso opté por lastimarlos primero.

Un pastel de cumpleaños. El rostro de Julián se oscurece tras el resplandor de 17 velas. Sonríe, probablemente obligado por las personas que lo rodean: mamá y la abuela.

Recuerdo que llamé a la casa para felicitarlo y me sorprendió mucho descubrir que habían preparado un pequeño festejo. Creo que puedo contar con los dedos las veces que tuvimos pasteles en casa, y el hecho de que hubieran organizado uno cuando yo ya no estaba reforzó mi sensación de desamparo.

Para calmarme, me convencí a mí misma de que la variable que había determinado el cambio de dinámica entre ellos no había sido mi ausencia, sino la abuela. Ella siempre recordaba esas fechas y se encargaba de hacernos sentir queridos: un suéter tejido o algún guiso de los que más nos gustaban.

Guisar: preparar, suavizar, abrazar, entibiar. La abuela nos demostraba su amor a través de la comida. Yo me demuestro mi odio a mí misma a través de la comida.

Durante los dos años que viví sola en la ciudad, mamá me llamó muy pocas veces. Cuando empecé a vivir con Julián, se le volvió un hábito llamar cada domingo. Llamaba puntualmente a las ocho de la mañana, para no despertar a su hijo que ni hablaba ni dormía.

Llamar: buscar, alcanzar, conectar. Nombrar. Julián.

A veces yo llamaba a la casa y me quedaba platicando con la abuela. Esperaba que mamá me saludara, que pidiera el auricular para hablar conmigo. No sucedía. Para mí, mamá seguía siendo el silencio.

Temas de conversación favoritos de la abuela durante mis esporádicas llamadas telefónicas:

El clima, al que ella llamaba *tiempo*
La delincuencia
Mamá
Julián
Yo
La televisión
El abuelo
La central camionera

Los rotos andamos demediados, o eso pensamos. Quizá por eso nos desvivimos buscando el pedazo que nos complete. Yo siempre quise pertenecer a un equipo. Una dupla habría sido suficiente. Encontré en Memo ese equipo, al menos por un rato. Él me hacía sentir parte de algo, compartíamos la comida y la cama, todo en partes iguales y con un objetivo en común. Ana también era parte del equipo. Un triángulo, de nuevo. La figura geométrica por excelencia, tres vértices relacionados uno con otro y en perfecto equilibrio.

Equipo: manada, asociación. Ganar o perder, pero todos parejos.

Estábamos solos los dos. Éramos casi niños. Se nos hizo fácil construir una relación a como diera lugar. Ese intento de vida en pareja, a medias y sin mucho sentido, fue lo único que Memo y yo logramos armar con estas piezas defectuosas.

Estás muy bonita.

Estoy enamorada de ti.

Dos meses después de conocernos, ya estábamos viviendo juntos. Mesa. Tele. Colchón. Una casa sin ventanas.

Casa: proyecto, dirección, mapa. Ser el hogar de alguien y al mismo tiempo su habitante.

El Memo alegre y conversador que conocí gracias a Ana desapareció muy pronto. En su lugar quedó otro, al que me dio por llamar el segundo Memo. Para diferenciarlo del tercer Memo, que tardaría varios años en llegar y que de hecho sí era una persona distinta.

Dos personas, tres Memos.

Al segundo Memo no le gustaba que yo fuera feliz. En eso estábamos de acuerdo, porque yo en aquella época tampoco quería serlo. Daba por hecho que la felicidad era algo así como un perpetuo no querer morirse. *Estoy bien,* pensaba de camino a la escuela, en el baño, en la tienda, al secar el agua que se metía por debajo de la puerta en temporada de lluvias. *Ésta es mi vida y no imagino cómo sería de otra manera.*

Reflexiones de este tipo me venían de pronto, cuando por una rendija de la muralla se colaba el silencio. Con el silencio, el miedo. Grietas en los cimientos de esta casa recién fabricada.

Yo hablaba mucho, aunque ya me había quedado sin historias. Quién sabe qué tanto diría. Algunos confundían con alegría lo que no era más que ansiedad desbordada. Reía escandalosamente, eufórica tras un par de cervezas. Y siempre terminaba llorando.

Memo no bebía, se sentía superior a mí en ese sentido. A mí me parecía aburrido. Quería pasar por intelectual, pero mandaba mensajes con faltas de ortografía. Comenzaba a avergonzarme del equipo que había elegido.

Faltas: fallas, errores. Faltar al respeto. Me haces falta.

Durante el tiempo que estuvimos juntos, yo estuve decidida a construir una rutina que me hiciera una persona nueva. Alguien que no vive en soledad. Alguien que enfrenta.

La vida con Memo se llenó de peleas.

Motivos por los cuales Memo y yo peleamos:
    La mugre de la cocina
    El color de la salsa de los tacos para llevar
    A quién le tocaba pagar el taxi
    Cómo celebrar un cumpleaños
    Mi manera de tomar
    Los ruidos que él hacía al deglutir
    Sus ronquidos
    Ana
    Llamadas telefónicas demasiado temprano
    Corte de luz por demorar el pago
    Falta de sexo
    Mis hábitos alimenticios
    La posibilidad de adoptar un gato
    La desaparición de un suéter
    Sus celos
    Mis constantes engaños
    Tener hijos

Simulación sintética (y al mismo tiempo hiperbólica) de una llamada a papá:

Hola, papá.

Qué milagro.

¿Cómo estás?

Bien, ¿y tú? ¿Qué quieres?

Nada, saludar.

¿Necesitas dinero?

No, sólo saludar.

Ok.

(Silencio)

¿Cómo andas?

Bien.

(Silencio)

(Silencio)

¿Tú, hija?

Bien.

(Silencio)

(Silencio)

Oye, voy de salida. ¿Hablamos luego?

Sale. Adiós, papá.

Hay cosas que sí tengo claras y que decido no cambiar. Yo sé que crecí dividida entre bandos y que mi forma de plantarme en el mundo es una constante negociación entre dos polos. Conveniencia. Sumas y restas. Hoy elijo estar aquí. Mañana seguramente estaré allá.

Elegir: decidir, seleccionar, renunciar. Elegí dónde vivir. No elegí dónde nacer.

De niña, cuando me enojaba con papá, corría a los brazos de mamá. Metafóricamente. Nunca lo hice en realidad, pero ganas no me faltaron. Y al contrario: si la pasividad de mamá me desesperaba, hallaba consuelo en la existencia de papá.

No me enorgullezco de ser así. Pero algo hay de tranquilizador en el hecho de, por lo menos, conocerme a mí misma. Herramientas y flaquezas se guardan en el mismo estuche.

Sé que engañé a Memo con frecuencia. Sobre todo, cuando él más me lastimaba. Es mi más antiguo mecanismo de defensa: traicionar a quien me hiere.

Engañar: mentir, ilusionar, un truco de magia, hechicería. Mi propia imagen deformada en el espejo de un parque de diversiones.

Las peleas con el segundo Memo fueron subiendo de intensidad con el paso del tiempo. Las primeras veces intentamos simplemente hablar las cosas, justo como yo imaginaba que hacía la gente más civilizada. *Me molesta esto y esto otro. Perdóname, intentaré no faltarte al respeto delante de tus amigos. Prometo lavarme los dientes antes de besarte en la mañana.*

Poco a poco abandonamos las conversaciones y pasamos a los gritos. *Crees que soy imbécil. Ahora resulta que sí te gusta ese bar.*

Tras una breve etapa de portazos y recriminaciones, que no duró casi nada, de inmediato pasamos a los golpes. Él me empujó varias veces contra la pared del pasillo. Amenazó con lastimarme. Yo le saqué el aire una vez con un puñetazo en la boca del estómago. Ana fue la primera y la última persona en insistirme que lo dejara. Decía que era un cretino.

Memo y yo nos separamos entre insultos y ataques. Mis gritos llamaron la atención de los vecinos. *A ver si dejas de vomitar todo lo que comes*, me gritó. *Pinche anormal.*

Normal: común, ordinario, promedio.

La normalidad es esta memoria hecha de fragmentos irrecuperables.

Cuando alguien me preguntaba por papá, yo inventaba que se había muerto. Si querían saber el cómo, respondía: *No quiero hablar de eso.* Después de algunos minutos, me soltaba a recitar una retahíla de recuerdos falsos, cuentos que, de tanto repetir, yo misma había mitificado.

A mis amigos: *Mi papá se suicidó el año pasado.*

A los muchachos que se me acercaban en las fiestas: *Era alcohólico, lo atropellaron saliendo de un bar.*

En las dinámicas de integración de la escuela: *Lo mató el narco.*

¿Qué son los recuerdos sino un conjunto de verosimilitudes? Lo más cerca posible a la verdad y al mismo tiempo algo completamente ajeno. Los hechos que pudieron haber sucedido. A los que volvemos una y otra vez, pues los llevamos guardados en el bolsillo.

Una tarde invité a unas amigas a tomar cerveza a la casa y las hice llorar a todas con recuerdos inventados. Solamente Ana conocía la verdadera historia.

Yo sabía que, durante aquella época en la que vivimos juntos, mi hermano escuchaba mis historias detrás de la puerta. Encerrado en su cuarto, me oía construir escenarios improbables, donde la desgracia era tolerable porque no era la nuestra. La muerte falseada de mi padre habría sido un descanso. El desenlace que nos merecíamos y que ya nunca tendremos. En su lugar, certezas como piedras. Papá no murió de esa manera. Quizá no murió en absoluto. Quizá sigue vivo ahora, incluso después de muerto.

Formas en las que papá debió morir:
Arrepentido

Decidí no ir a su entierro. Hacía mucho que lo había enterrado. Una traición más a mi equipo. Ni llorarle. Ya había sufrido suficiente por culpa suya.

Enterrar: cubrir, tapar. Reprimir un recuerdo doloroso hasta que deje de ser un hecho y se convierta en una posibilidad.

Mentiría si dijera que no fantaseé muchas veces con la muerte de papá. Con los minutos previos a su último respiro, en los que me decía que lamentaba mucho habernos lastimado. *Yo no quería romper a Julián*, decía. *Yo lo amaba.* Suplicaba que lo dejáramos intentar todo de nuevo. Que sería un hombre más paciente, un padre devoto y cariñoso. Un marido ejemplar. Atendería sus problemas de violencia y buscaría ayuda psicológica.

También había soñado con la posibilidad de escupir sobre su tumba. Un gargajo sobre su rostro moribundo. Robarle la última bocanada de oxígeno, así como él nos había robado todo.

Ni siquiera eso me pudo dar.

El tirano más cruel de todos tuvo la muerte más intrascendente posible. Infarto fulminante. Murió antes de llegar al hospital.

Infarto: rayo, navaja, bomba. Se acabó y eso es todo.

¿Y ahora cómo voy a hacer las paces con un recuerdo? ¿A quién le reclamo este estado de ansiedad perpetua en el que vivo? ¿A quién culpo de mis cambios de ánimo, de este impulso por tronarme los dedos, por morderme las uñas, por pasar días enteros sin comer y luego comer compulsivamente y vomitar los alimentos, por mis celos enfermizos y mi habilidad para traicionar, por esta sensación de no ser nada en el mundo, de estar sola, de estar muerta?

Llamé a casa. Quería saber cómo estaba mamá pero no pude encontrarla hasta entrada la noche. Había ido al entierro en la mañana y luego había pasado toda la tarde dando vueltas por la ciudad. Esmirriada. Fantasmagórica.

En esta patria no cabían más muertos. Los sobrevivientes ya éramos muy pocos y nos estábamos quedando solos. Ahora sí, solos. Mamá, Julián y yo. Tres. Un triángulo desproporcionado, cada lado más inestable que el anterior.

Invité a Julián a venirse a la ciudad, conmigo. Aquel espantapájaros flaco y espectral que era mi hermano podría encontrar sosiego en el anonimato, igual que yo lo había encontrado. Mi casa era diminuta, pero no era mucho más pequeña que el multifamiliar.

Dile a mi mamá que te pague el autobús, te regresas cuando acaben las vacaciones.

Al otro lado de la línea, Julián no respondió nada. Imaginé su cabeza asintiendo, a falta de razones para negarse.

Invitar: abrir una puerta que estaba cerrada. Pagar, acompañar. Extrañar a un hermano, pedirle que esté de nuevo contigo. Confirmar asistencia o disculpar la ausencia.

Yo llevaba meses sin ver a Julián. A pesar de que lo esperaba, fue inaudito encontrarlo por las calles de mi barrio.

El caminar de Julián siempre había sido pausado, cauteloso. Mirada al piso. Como un paciente recién operado, pendiente de no lastimar la herida. Entre la gente que entraba y salía del metro, él parecía uno más de los capitalinos. Se veía distinto: tenía más libertad y lucía un poco más ligero. Se había desprendido de mamá y de la vida en el multifamiliar.

Lo llevé a la casa y le presenté a Ana. Antes, compramos hot dogs en la calle. Llovía. Ana intentó platicar con él como hacía siempre con sus amigos: con una mezcla de humor y brusquedad. Julián respondió a todo con monosílabos. La única vez que le hicimos una pregunta directa la evadió.

¿Sí vas a terminar la prepa?, dije, con la autoridad que me confería ser la hermana mayor.

No sé.

Salió a caminar por la colonia en mitad de la noche, a pesar de la lluvia. Seguía igual de flaco y ensimismado que siempre, pero por alguna razón no temí por su seguridad. Julián estaría bien.

Al lavar los platos, comenzaron a rondarme los pensamientos que siempre había preferido ahuyentar. El silencio de Julián. Mi mamá y mi abuela. La ciudad. Mi vida. Mi nueva casa, hecha de miedos infantiles. Memo. Tanta felicidad contenida en la certeza de que no quedaba alternativa.

Para distraerme, puse el radio. De inmediato lo apagué. Ana platicaba conmigo desde el cuarto, ubicado a pocos metros de la cocina.

Oye, sí es medio raro tu hermano.

En mi mente apareció el pasaporte imaginario que me acreditaba como miembro de un país: mi familia. Mamá, Julián, yo y la abuela. A ratos papá, el exiliado y el invasor. Una patria hecha de cuatro y sin terreno para más. Yo podía llamar *raro* a Julián. Podía incluso decirle *tarado, estúpido, ¿por qué no contestas, idiota?* No Ana. Extraños, jamás.

No hables así de mi hermano.

Ella me vio con desconcierto.

Tú siempre hablas así de él.

Luego, el colapso. Me encontré a mí misma, una vez más, dividida entre equipos rivales. En aquel entonces yo quería a Ana como si fuera de mi familia. Como una especie de segunda hermana. Ana, mi refugio a ratos. La tangente de mi geometría irregular.

Hermano: compañero, cómplice, testigo. Ojos que vieron la misma guerra.

Ella no había visto la guerra.

Perdóname, me dijo, casi de inmediato. De mi parte, el silencio.

Alguien pensó que sería buena idea. Tal vez fui yo, con varias cervezas encima.

Oye, Julián, ¿por qué no te quedas acá en la ciudad?

Él se encogió de hombros.

Podríamos vivir juntos, insistí.

(En realidad, mi hermano pocas veces se encogía de hombros. Es la forma en que mi memoria le da sentido a esos huecos. El silencio de Julián aparece en mis recuerdos como un permanente gesto de indiferencia. Subibaja de hombros. Un discreto: *Como quieras.* Es la cosa con los silencios: los demás los rellenamos como mejor podemos. Mi hermano siempre ha sido mitad él mismo, mitad una imaginación mía. Mi primera ficción: la voz de mi hermano.)

Tres

Autorretrato de Julián. El único que existe. En esa época ya empezaban las cámaras digitales, pero él insistía en usar su vieja cámara de rollo. La de papá. Todo el dinero que mamá le mandaba se lo gastaba en impresiones. No sé qué hacía luego con ellas. Sobreviven muy pocas.

Se tomó esta foto en el espejo de un baño. Si no mal recuerdo, ese baño pertenece a uno de los departamentos que visitamos cuando decidimos mudarnos juntos. Azulejos azules y blancos contrastan con el moreno claro de su rostro. Hay un ambiente de playa, a pesar de que nos encontramos a media ciudad. El sol se cuela por la ventana de cierta manera, evocando los colores del mar. Cálido. Dorado. No sé explicarlo, pero Julián hizo bien al tomarse esa fotografía.

Playa: paraíso, oasis, descanso, océano. Un coco enchilado. La panza de papá. Las piernas de mamá. Sacudirse la arena que ha quedado pegada en el cuerpo.

El departamento era propiedad del señor Salazar, pero la encargada de mostrarlo era la señorita Itzel, que llevaba toda la vida ocupando el 301.

Julián y yo llegamos a la cita más temprano de lo acordado. En esos días no teníamos nada que hacer. Yo iba a la escuela en las mañanas y eso era todo. Julián se había inscrito al último año de prepa, pero no había ido una sola vez.

Mamá pagaría nuestra renta con su sueldo de la veterinaria. Había ascendido de puesto y ahora era jefa de turno. Entre su ingreso y la modesta pensión de la abuela, la vida en el multifamiliar se percibía apretada, angustiosa. La pensión de papá estaba en litigio.

Dinero: moneda, ingreso, abundancia, carencia. Si el dinero es lo único que puedes darme, me acostumbraré a pedírtelo para medir tu afecto.

A pesar de vivir con dificultades, mamá insistió en pagar nuestra renta. Creo que ese gesto era importante para ella; nunca lo averigüé en realidad. No quería que trabajáramos todavía, prefería que estudiáramos. Yo me había acostumbrado a vivir en espacios reducidos: el cuarto de estudiantes y la bodega que compartía con Memo; cualquier departamento me parecía una alternativa inmejorable. Conseguí una beca de apoyo escolar. La aportación de Julián sería no gastar en absolutamente nada.

La señorita Itzel tenía como setenta años y por sus comentarios parecía que había pasado la mitad de ese tiempo rezando. Un crucifijo de madera adornaba su cuello arrugado.

¿Están casados por las dos leyes, criaturas? Tan jovencitos.

Julián le dedicó una sonrisa burlona pocas veces registrada.

Somos hermanos, aclaré, porque sabía que él no iba a hacerlo.

Ella se disculpó por el malentendido y continuó su recorrido por las habitaciones. Evitó entrar a uno de los cuartos, dijo que siempre había creído que estaba embrujado.

No les dan miedo los fantasmas, ¿o sí?, preguntó, medio en broma.

Mi hermano no estaba a la vista. Se había ido a sentar en el único banco que había en la cocina. Se tocaba la frente con la mano, como intentando exprimir una espinilla. Tuve que pronunciar su nombre tres veces para que volteara a mirarme. Había expectativa en sus ojos, como si le interesara saber qué estaba haciendo mal esta vez.

Ven a ver la recámara. Te va a tocar una que está embrujada.

Despegó del banco el saco de huesos que era su cuerpo y me hizo caso. Recorrió las cuatro esquinas de la habitación, arrastrando los zapatos por la duela, que crujía suavemente bajo sus pies. Se asomó a la ventana que daba a la calle y tocó el cristal con sus dedos largos. Al despegarlos no dejó ninguna huella.

La señorita Itzel estaba recargada en el estrecho marco de la puerta. Para salir, Julián se deslizó hacia afuera, pasando a un lado de ella, que no despegó la mirada de su teléfono.

No me dan miedo los fantasmas porque llevo toda mi vida hablando con ellos.

De entre las muchas contradicciones del paso de mi hermano por el mundo, la incompatibilidad entre su anhelo por desaparecer y lo llamativo de su presencia era una de las más crueles.

La mayor parte del tiempo, Julián quería ser invisible. Había heredado esto de mamá. Hacer el menor ruido posible. Disolverse en el aire. Flotar por la ciudad sin ser notado. Mirar. Fotografiar.

Sin embargo, su presencia muda y fantasmagórica llamaba mucho la atención. En un mundo lleno de personas que piden a gritos ser vistas, la gente no podía evitar notar a ese muchacho alto y flaco de mirada esquiva, tan consciente de su insignificancia, que no hacía el menor esfuerzo por destacar. Niño envejecido de semblante asustado, recién llegado de la guerra. Su pesadez inundaba el cuarto. Se cerraban las ventanas, se apagaban todas las luces.

Era como si necesitara más oxígeno que el resto de la gente. Como si al respirar le estuviera robando el aire a todos.

El laberinto que se construyó mi hermano tenía paredes de cristal.

Julián y yo nos mudamos un domingo temprano. En aquel entonces Memo ya había vuelto a ser el primer Memo, y estábamos en la etapa de intentar ser amigos. Esto duró un par de semanas y luego nunca nos volvimos a ver. Nos amábamos lo mismo que nos odiábamos. Quizá por eso resultaba difícil mantenernos separados.

Separación: ruptura, mudanza, división celular. Una entidad se convierte en dos distintas. Se ha instaurado un nuevo orden.

Fue su papá quien me ayudó a transportar todo desde Tlalpan. Lo que más extraño de ese Memo es a su papá. Sonriente, habilidoso, en perfecto control de aquella combi destartalada que apestaba a gasolina tras un par de cuadras.

Los que crecimos anticipando el desastre inminente aprendimos a identificar a los árboles de raíces firmes, y nos aferramos a ellos como si en sus ramas pudiéramos fundar nuestro nuevo hogar.

Memo no tuvo cuidado al cargar las cajas y me rompió algunos vasos. También despostilló uno de mis cuadros preferidos, el del león que trae a dos niños trepados en el lomo.

Su papá, en cambio, parecía moverse sobre nubes. Todo en él era suave, mesurado. Habría podido dedicarse a criar bonsáis. Habría sido un excelente abuelo para mis hijos.

El papá de Memo: un árbol frutal. Memo: un fruto malogrado.

Mi hermano llegó a la nueva casa cuando recién habíamos terminado de desempacar. Traía una mochila en la espalda y en la mano una bolsa de supermercado.

¿Y tus cosas, Julián?

En su mirada cupo toda la obviedad del mundo: los fantasmas no necesitan casi nada. Sacó de la bolsa unas chanclas y un cepillo de dientes. Los aventó en el baño acabado de trapear. Luego se encerró en su cuarto con el seguro puesto. La puerta, una barrera. El seguro, otra. El silencio, la frontera definitiva. Mi hermano, la ciudad amurallada.

Mamá en un vestido blanco, parecido a aquel de su fiesta de XV años. Papá en un saco color claro, camisa blanca y corbata gruesa. Debe de haber creído que se veía muy elegante. Él siempre apuesto. Orondo. Imponente. Acostumbrado a la moda de ciudad.

Con el paso de los años ese estilo de vestir ha caído en desuso. La primera reacción que me viene al ver a papá en esta fotografía es la risa. ¿Qué habrá sentido Julián? ¿Habrá conservado la imagen por su carácter meramente histórico?

No es exageración decir que mamá era apenas una niña cuando se casó con papá. Tenía 16 años. La edad que tenía yo cuando me bajó la regla. Él, en cambio, rondaba los 25 y ya había estado casado. Nunca hablamos de su primera esposa ni de aquella época.

Matrimonio: contrato, firma, compraventa. Firme sobre la línea. ¿Leyó todas las cláusulas?

En la foto también aparecen los abuelos, que en ese entonces todavía no son abuelos. No son más que dos campesinos engalanados, de aroma floral y expresión temerosa. La sonrisa a medias que esbozan denota incomodidad. Están nerviosos. Entendible. Después de todo, el tipo que está parado a la izquierda de la abuela, ése de la corbata de moño, de bigotito, acaba de robarles a su única hija.

Robar: hurtar, secuestrar. Robar un beso. Devolverlo cuando ya no sirve.

Al principio, yo creía que el silencio se podía combatir con su opuesto, el ruido.

Miento. Al principio no creía que el silencio necesitara ser combatido.

Mi hermano no habla, ¿qué importa? Yo hablo suficiente.

Fue hasta que transcurrieron algunos meses que comenzó a convertirse en un problema para mí. Me dediqué a llenar el vacío con mis palabras. Frenética. Compulsivamente. Salían de mi boca en un torrente imparable.

Creo que por aquella época me volví incapaz de reflexionar en voz baja. La misma ironía que me había perseguido toda la vida atacaba de nuevo: de tanto obligarme a hacer algo, acabé olvidando cuál era la otra manera. Siempre había huido de mis propios pensamientos porque abrazarlos implicaba dejarme devorar por el silencio. Ahora no podía organizarlos si no era en medio del ruido.

Volví a mi hábito de comer desmesuradamente. Si no recuperé el peso que había perdido fue porque también pasé largas temporadas sin ingerir alimento. Una semana de atasque, seguida de dos semanas sin probar bocado.

Intenté convencerme a mí misma de que, a pesar de su silencio, Julián era un buen conversador, porque escuchaba. La cualidad de escucha es muy valiosa. En especial entre personas como yo, con tantas cosas que decir.

Conversar: platicar, charlar. Un juego de ping-pong. Al conversar, lo menos importante es la conversación.

Mis temas más recurrentes de aquel entonces: Memo, mis clases, gente del barrio, el futuro de nuestro país después de las elecciones, cosas que veía en internet, alguno de mis maestros, las series que veíamos.

Él mantenía los ojos fijos en el plato mientras yo hablaba durante el desayuno. De vez en cuando volteaba a mirarme. A veces incluso parecía que estaba a punto de emitir un comentario. Falsa alarma. Tras dos minutos de silencio, yo seguía hablando.

En ocasiones ponía una mirada extraña, como si estuviera escondido. Agazapado. Un venado detrás de un árbol. Su acostumbrado gesto de indefensión. Delicado y hosco al mismo tiempo. Aún hoy me cuesta explicarlo.

Puta madre, Julián, di algo.

Entonces él recurría a las mismas frases hechas con las que siempre se había librado de emitir comentarios sinceros. Comodines en su mazo de cartas, respuestas admitidas socialmente.

Se oye bien.

Qué mal.

Órale.

Conversar frente al espejo me habría llevado a iguales resultados. Sin embargo, yo buscaba el contacto humano que, sentía, Julián podría otorgarme si tan sólo lo esperaba un poco. *Ya casi*, pensaba. *Como que estos días ha estado hablando más, está abriéndose. Un poco de paciencia. Vendrán los cambios. No puede tardar demasiado.*

La primera vez que vio a Julián, Ana dijo que le parecía raro. Con el tiempo su opinión cambió por completo, fundamentada en quién sabe qué. Un día llegó a decirme que mi hermano tenía muy buen corazón, que era muy agradable estar cerca de él.

Corazón: músculo hueco que trabaja solo. Figura. Naipe. Centro. Una aceleración descontrolada puede llevar a la quietud permanente.

Lo hueco puede y busca ser rellenado.

Julián era amable con la gente extraña, hosco conmigo. Me dio por pensar que se sentía en confianza en ese hogar que poco a poco íbamos construyendo. Por esa razón se atrevía a mostrarme su verdadera naturaleza. Feral. Me dejaba con la palabra en la boca, evitaba responder a algunas de mis preguntas. A veces apagaba la luz cuando yo todavía estaba en el cuarto. Se disculpaba con facilidad.

No sé por qué me importaba tanto la opinión de Ana. A lo mejor porque ella emitía juicios sobre casi todo, como quien sabe de lo que habla. La mayoría de las veces resultaban atinados o por lo menos interesantes. *La pizza sabe mejor fría. La gente que creció con sus abuelos es más noble.*

Nunca le pregunté, sin embargo, cuál era su opinión sobre mí.

Opinión: juicio, idea, observación. Opinar sobre algo es apropiárselo.

No puedo explicar con precisión qué cualidades tiene la tristeza que resulta tan atractiva, vista desde cierto ángulo. En especial entre nosotros, los rotos. Tiene algunas características que seducen a quienes andamos ávidos de objetivos. La fragilidad es una de ellas.

Es difícil mirar la tristeza y no pensar: *Aquí yo puedo hacer algo.*

Se abre una ventana de posibilidades. Proyectos. Maquetas. La ilusión de un futuro promisorio.

No pude salvarme a mí misma, pero a lo mejor podría curar a alguien más.

Una vez que se secan las lágrimas, los ojos parecen listos para mirarlo todo distinto, como si fuera la primera vez.

No hay primeras veces. Tan sólo la repetición infinita del mismo episodio incomprensible. Con lágrimas no se forman ríos, sino pantanos.

Acostúmbrate al llanto.

La cocina se ve medio vacía. Hay cajas en el piso. Son los días en que acabábamos de llegar al multifamiliar. Mamá sirve leche en un vaso y la abuela dobla ropa recién lavada, mientras yo desayuno sobre un mantel decorado con nochebuenas. El frío del invierno explica las dos capas de suéteres que traemos encima.

Mi hermano nos fotografió sin que nos diéramos cuenta. Todas tenemos expresión de sorpresa. Puedo imaginar la voz de la abuela:

Ay, hijo, ¿pero qué locuras andas haciendo?

Tras la mudanza, la vida había cambiado. Más o menos. La casa era nueva, pero nosotros no lo éramos. Todos llegamos a ese departamento cargando con nuestros propios dolores. La abuela no acababa de acostumbrarse a la soledad y la vejez comenzaba a importunarla: a veces las manos, a veces los pies. Mi hermano y yo, en esa angustia de crecer sin piso firme, sin arraigos de ningún tipo. Paredes rotas para gente rota. Niños armados a medias. Julián y yo, criaturas a cargo de otra criatura incompleta. Mamá. Endeble mujer de porcelana. Para salir adelante tuvo que dejarnos atrás. A mí, por lo menos. No a Julián. Pagaba las cuentas y disponía la cena. Negociaba con papá en el teléfono, de espaldas contra la pared.

Espalda: pasado, detrás. Mirar la espalda de alguien es un acto unilateral. Esa persona no mira de vuelta, quizá ve la espalda de alguien más.

Yo sé que mamá cambió con los años. Que hoy no es la misma persona temblorosa y apagada que nos crio a Julián y a mí. Pero esa transformación la vivió ella sola. No la vi y no puedo narrarla. Tuvo que alejarnos para encontrarse a sí misma. La veíamos poco en la casa. Estaba ausente aun cuando nos mirara, aun cuando nos hablara y nos exigiera y nos llenara la casa de animales. Mamá, un fantasma en mi habitación, en mi espejo. Habitante del mundo de mi hermano. Está y no está. Me quiere y no me quiere. Se rompe y se repara a sí misma sin ayuda de nadie, en silencio, a oscuras.

Vivir con Julián me desesperaba constantemente. Había días en que me enojaba tanto con él que lo único que me tranquilizaba era emborracharme. Salía a los bares a platicar con desconocidos en un intento por probarme a mí misma que el problema era Julián, no yo. Era él quien me tenía condenada al silencio. No era una deficiencia mía. Esta sensación de insuficiencia, de falta de habilidades sociales, era producto de mi convivencia prolongada con él. Se me había olvidado cómo tratar a las personas, después de pasar días y meses hablando con una pared.

Así fue como conocí al tercer Memo. En un bar. Borracha. Completamente inadecuada. Ni siquiera sé qué me dijo ni cómo empezó todo. A las dos de la madrugada ya nos estábamos besando. Esa noche no quiso acostarse conmigo. Me acompañó a casa y se quedó dormido a los pies de la cama.

Julián me preparaba el café cada mañana. Cuando vio que éramos dos, echó más agua a la prensa francesa.

Lista de cosas que me gustaron de inmediato del tercer Memo:

Su pelo rizado, que me recordaba al de la abuela

Su risa

Su departamento decorado con orquídeas

Su forma de pronunciar mi nombre: lento, saboreándolo, o evitando equivocarse

Su plática, ligera y atrapante

Su voz, bastante fea; un defecto entre tanta perfección

Su euforia

Su sentido del humor

Su ligereza

Su obsesión con mi cuerpo

Su manera de tomar

El tercer Memo y yo, en el vagón de un juego mecánico. Es la montaña rusa más grande de México, la más dramática de todas. En la curva más pronunciada, una cámara medio escondida entre los palos de madera toma una fotografía que luego podrás adquirir por veinte pesos.

Julián compró esa fotografía y, además, la conservó.

El tercer Memo levanta los brazos, eufórico, sin miedo a nada. Trae puesta una sudadera verde. Yo aparezco enconchada. Tengo los ojos cerrados, apretados, el pelo alborotado y una expresión de horror. Me arrepentía de haberme subido. Recuerdo que en algunas curvas sentí que me iba a morir.

Antes de salir de casa, había estado leyendo sobre accidentes ocurridos en ese parque de diversiones. Memo me dijo que no le diera importancia a las notas amarillistas.

Accidentes hay en todos lados. Te puede atropellar un coche aquí mero en la glorieta.

Julián no opinó nada. De todas maneras él no tenía pensado subirse a ningún juego. Siguió todo nuestro recorrido desde abajo, en tierra firme.

Me desesperaba mucho que Julián adoptara el papel de espectador. Quería convivir con nosotros y ésa era la única manera que encontraba: pasarla bien sin participar activamente. Yo accedía, de mala gana, pero al paso de las horas su mirada comenzaba a incomodarme. Me sentía como un animal de zoológico. Él observaba todo: mis pláticas con Memo, nuestras peleas y el ir y venir de los juegos mecánicos, sin animarse a formar parte. Era como si estuviera viendo una película. Al final se encenderían las luces y él nunca estuvo realmente involucrado. Saldría del cine en calma, con las emociones medio revueltas pero controladas.

¿Para qué quisiste venir si no te ibas a subir? Qué desperdicio de dinero, le dije.

No respondió nada.

Compró esa fotografía sin que nos diéramos cuenta, nos la mostró al llegar a casa. Memo le dio una palmada en la espalda.

Qué chido que nos acompañaste, ojalá te la hayas pasado bien.

Luego fue a la cocina y se preparó un sándwich antes de irse.

Julián sonrió tras despedirlo en la puerta.

Breve compendio de gestos de Julián y su traducción:

Alzado de hombros: quisiera terminar esta conversación

Rascarse la sien: no sé qué decir

Tallarse la frente: no recuerdo

Tronar los labios: estoy incómodo

Morderse el interior de los cachetes: estoy muy incómodo

Tronarse los dedos: estoy estresado

Acariciar superficies planas (mesa, sofá, un cuaderno): estoy evadiendo

Mirada hacia arriba: quiero escapar

Mirada hacia abajo: he logrado escapar

El tercer Memo y Julián establecieron una relación cercana a la amistad. Yo había adoptado el rol de intérprete de mi hermano ante el mundo, pero con Memo eso parecía no ser necesario. Ellos tenían otros códigos. Videos de gente que se lastima, *Halo*, sándwiches de jamón y licuados de plátano.

Interpretar: traducir, decodificar. Convertir en sonido una partitura. Ver lo que uno quiere ver. Decir sólo lo conveniente. Filtrar. ¿Cómo interpretar el silencio?

Ana solía reclamarme por el trato que, según ella, yo le daba a mi hermano. Decía que lo subestimaba, que lo trataba como si tuviera un retraso mental cuando en realidad era simplemente una persona silenciosa. Yo no sabía cómo hacerle entender que el silencio puede llegar a ser insoportable.

Memo, Ana, Julián, yo. Una especie de manada constituida por meras casualidades. La armonía de la superficie lograba ocultar el hecho de que yo comenzaba a revivir viejos rencores. Cuando me peleaba con Julián, en ocasiones Memo se ponía del lado de él. Lo mismo hacía Ana. Otra vez quedaba yo fuera del equipo: a la banca. La exagerada. La traidora.

Mi hermano, el animal herido al que todos quieren proteger. Mamá, con su abrazo y toda la devoción que guardaba en su esqueleto de cincuenta kilos. La abuela y su niño eterno. Su chamaquito de pelos necios, su Julián adoradísimo, perfecto. Mi hermano. La última imagen que cruzó por la cabeza de la abuela antes de morir.

Algunas palabras que decía la abuela y que no he vuelto a escuchar desde su muerte:

Entilichado
Titipuchal
Curia
Apoxcahuado
Choquilla
Mácara
Choya
Jiribilla
Cientoemboca

La abuela murió un domingo por la mañana. Aquel día tenía pensado preparar huevos en salsa, había comprado los tomatillos desde el viernes. Mamá nos contó los detalles por teléfono. Mi hermano y yo, las cabezas pegadas una contra la otra. En medio, el aparato. Igual que cuando éramos niños y queríamos enterarnos de algún secreto que mamá comentaba en el otro cuarto.

La abuela trajo ruido a una familia silenciosa. Rompió todas y cada una de las estrictas reglas de convivencia en el hogar. Usando sus propias palabras yo diría que *puso el desorden*. Habladurías, impertinencias, amarres, malos olores. La abuela nos regaló el desenfado de su presencia arrebatadora. Aquel sentirse en confianza que es producto del amor, y que nosotros no conocíamos hasta ese momento.

La abuela plantó un naranjo para hablar con el abuelo. ¿Qué clase de árbol era ella?

Abuela: almendro, jacaranda. Palo mulato de selva tropical. Cedro. Maderable.

Le preguntamos a mamá si quería que viajáramos para estar con ella. Se rehusó. Dijo que todo sería muy breve. La abuela no tenía casi amigos y no le veía sentido a organizar un velorio. La enterraría sin más.

Julián y yo, que siempre necesitábamos una orden que ejecutar, incapaces de tomar nuestras propias decisiones, de responsabilizarnos ni por lo más mínimo, presencia o ausencia, obedecimos. Lloramos mucho en la soledad de nuestro departamento. Todo parecía un poco más ajeno a partir de ese instante.

A veces pienso que quizás ese día Julián comenzó a cocinar la idea de que no quería pertenecer a un mundo en el que no existiera la abuela.

Una vez leí que el silencio es una despedida. La primera muerte, en cierto sentido.

Algunos funerales son celebraciones silenciosas. La alfombra mitiga el sonido de los pasos. Las palabras parecen quedar atrapadas en una telaraña negra. Ropa negra. Luto negro. Cuervos mudos. Ojos cerrados. La tristeza es un velo negro que cubre la inmensidad del mundo.

La abuela no tuvo funeral, pero tuvo despedida. Corrimos las cortinas del departamento. Encendimos una vela y la miramos convertir su luz en ceniza. Nunca más la voz de la abuela. Nunca más su risa al otro lado del teléfono. En su lugar quedó el abismo.

En vida, el silencio es blanco. En la muerte es negro.

El silencio de mi hermano fue un adiós que duró toda su vida.

Habían pasado pocos días desde la muerte de la abuela. Encontré un gatito negro en la entrada de edificio. No podía ser casualidad. No tratándose de la abuela.

Imaginar qué diría ella se había convertido para mí en un ejercicio. Todavía hoy me sigue rescatando del abismo.

Chamaca, recoge ese animalillo. Vente pacá, gatito come cuando hay.

Julián veía la tele con los pies encima de la mesa. Fue hasta que escuchó un maullido que volteó la cabeza. Me miró, a la espera de una explicación. A veces yo mantenía con él esta tensión casi deportiva. Sabía que era mi turno de hablar, pero lo retaba a que fuera él quien dijera la primera frase. Nunca lo hacía.

Me lo encontré. ¿Nos lo quedamos?

Lo coloqué en sus manos. Él le hizo una camita en su sudadera. Estaban igual de sucios los dos, igual de desvalidos. Julián volvió sobre sus pasos, se acomodó de nueva cuenta frente a la tele. El gatito se quedó dormido sobre su pecho. No necesitaba agua ni alimento, sólo cariño.

El tercer Memo era generoso. Doblemente generoso porque casi no tenía dinero y lo poco que recibía lo compartía con nosotros. Invitaba pizzas los primeros días del mes, cuando sus papás le depositaban. Casi nunca pedía cooperación para las cervezas.

Cooperar: colaborar, ayudar, reunir. Varios pedazos construyen un todo. Nadie le indica a las hormigas qué deben hacer, y sin embargo ellas lo hacen.

A Julián y a mí, mamá nos enviaba dinero por Western Union, como si viviéramos en países distintos. Casi siempre los giros llegaban a mi nombre. Yo cobraba y luego le daba a Julián una parte.

El gesto de Julián para pedir su dinero me irritaba. Extendía la mano con la palma bien abierta hacia arriba, horizontal. Había mucha hostilidad en ese ademán, pero me tardé meses en descifrar qué me molestaba. Era lo grotesco de aquella expresión infantil, como si yo fuera su madre. O quizá la soberbia de quien cree merecerlo todo. No estudiaba, no trabajaba, y aun así exigía el dinero. Ni siquiera se dignaba a pronunciar palabra. La mano extendida y ya. Después de todo, yo era experta en su idioma. Me daban ganas de cortársela.

El tercer Memo me abrazaba para tranquilizarme, y yo ya no sabía si lo hacía por mi bien o por proteger a Julián. La vida se había convertido en un cúmulo de ambigüedades. Infinitas interpretaciones del mismo acto. Todo siempre podía ser leído de la peor manera.

Ambiguo: poco claro, confuso. Sí significa no. No significa tal vez. Tal vez significa nunca.

Julián nos había contagiado a todos de su forma de ver el mundo. Una tonalidad gris, pesimista, apesadumbrada, inundaba la realidad que podría irradiar colores.

Julián y yo desarrollamos un método particular de comunicación entre nosotros. Como él no hablaba, aprendí a leer sus silencios como si fueran mensajes. Me volvía loca, pero de todos modos lo amaba y me empeñaba en tenerle paciencia.

Me estaba quedando sin patria. Debía aferrarme con más fuerza a las piezas que quedaban.

Aunque era flaco y etéreo, no tenía control sobre el impacto de su peso sobre la duela del departamento. El quejido de la madera me advertía por dónde andaba. Baño. Cocina. De vuelta a su cuarto.

No ponía discos ni sintonizaba el radio. Tampoco tenía iPod y, sin embargo, siempre parecía traer audífonos debajo de la capucha negra. A ratos, su abstracción del mundo era total.

La primera semana que tuvimos al gatito negro, propuse que lo nombráramos Hugo. También propuse ponerle un cascabel.

Y uno para ti, le dije a Julián. Él no se rio.

Fue el tercer Memo quien me explicó que los cascabeles son una tortura para los pobres gatos. *Imagínate traer todo el tiempo una alarma sonando junto a tu oído.*

Le quitamos el cascabel a Hugo.

Todo el tiempo estaban llegando mensajes al celular de Memo. Casi nunca silenciaba el aparato. Estar con él era un poco como andar al lado de un gato con cascabel.

Imagínate traer todo el tiempo una alarma sonando junto a tu oído, le dije un día, harta de que sus constantes notificaciones no me dejaran poner atención a la tele.

Él se puso de pie. Yo le aventé el plato de Zucaritas que estábamos compartiendo. Fue en ese momento que notamos que Julián llevaba un rato parado detrás de nosotros, viendo la tele en silencio, como un niño que no pagó la entrada al cine.

Cabrón, ¿por qué tienes que ser tan pinche raro?, exclamó Memo, y salió del departamento.

Julián se sentó a mi lado y se quitó los zapatos con torpes movimientos de pies. Cambiamos de programa. Al cabo de un rato se paró a la cocina y volvió con un plato nuevo de Zucaritas.

Alimentos favoritos de mi hermano Julián:
  Gansitos Marinela
  Zucaritas
  Skittles
  Donitas Bimbo
  Ruffles verdes
  Huevos con chorizo
  Hot cakes
  Todos los platillos de la abuela

Mi hermano con esa sonrisa limpia y nueva que sólo tuvo a los cinco años. Es la foto que le pidieron para su ingreso a la primaria. Me mira desde el abismo. Dientes diminutos, un hoyuelo en el cachete izquierdo. Algo intenta decirme. ¿Quieres que te saque de ahí, hermanito?

Tenía el pelo tan lacio que no necesitaba peinarse. Cuando compartimos departamento noté que mi champú no disminuía. Tampoco el de Memo. Asumí que mi hermano no usaba. Así como no le aportaba al mundo, tampoco le robaba nada. Conservaba, eso sí, el peine que nos había regalado el señor Cheto cuando éramos niños. Azul para él, rosado para mí. Un peine macizo de plástico fino, sin rebaba.

Fue el año en que papá se fue de la casa. Las gentes miraban a mamá con lástima, como si quisieran ayudarla y al mismo tiempo tuvieran miedo de que los contagiara de su mal. Muchos creen que la soledad es un tipo de enfermedad. Yo también lo pienso en ocasiones.

Don Cheto era de los pocos que trataban a mamá igual que siempre. Le insistía en que se dejara teñir el pelo, y mamá seguía respondiendo que no, que gracias, que sólo el despunte acostumbrado.

¿Y para los señoritos?, insistía Cheto.

Casquete corto para él y para la niña como ella diga.

En el salón de Cheto seguido se iba la luz. El local estaba ubicado en el centro de la ciudad, junto a la tienda de importaciones chinas. Yo no sé qué tantas pruebas de electricidad harían en aquella tienda, pero los apagones eran frecuentes.

El día que Cheto nos regaló los peines, al voltear la cuadra nos encontramos con que los dependientes acababan de sacar los artículos de oferta. Nuestros peines se perdían entre la multitud de otros doscientos. Peines a peso, promoción sólo hoy. Yo le piqué la costilla a mi hermano para que viera lo que yo estaba viendo. Él apretó el paso para pegarse más a mamá, que le extendió la mano para cruzar la calle. El semáforo se había puesto en rojo.

Le contaba mis sueños a mi hermano durante el desayuno. *Estaba con mamá en un coche.* Él detenía el movimiento de su mandíbula y descansaba su quesadilla en el plato. Yo tomaba esto como muestra de interés. Le contaba detalles del sueño y lo que creía que significaban. Él asentía, en silencio. El más ortodoxo de los psicoanalistas, alguien totalmente convencido de la distancia aséptica, habría hecho más comentarios que Julián.

Soñé que me regalabas un gato muerto. Él: una leve sonrisa.

Soñé con figuras geométricas. Sus dedos huesudos trazando rombos en la mesa de la cocina.

No se los contaba siempre, sólo cuando creía que podrían interesarle.

Julián dormía poco. Despertaba a mitad de la noche y se pasaba horas en el baño o en la cocina. A veces salía a dar paseos por el barrio. Una vez se me ocurrió seguirlo. Quería saber qué tanto hacía en esos recorridos nocturnos, con las tiendas todas cerradas y poca gente en la calle. Pensé que a lo mejor compraba droga.

Lo seguí durante varias cuadras hasta que comencé a darme cuenta de lo absurdo de la escena. Él no hizo más que caminar durante horas. A veces le daba la vuelta completa a una manzana, o recorría una avenida en la dirección de los coches y luego cruzaba a la otra acera y la recorría hacia el otro lado. Las manos metidas en los bolsillos de la sudadera. Algunas personas aceleraban el paso al topárselo de frente.

Había mañanas en las que yo despertaba y él no estaba en el departamento. Había ido a comprar el jugo de naranja. Yo lo felicitaba por su diligencia y por ser tan madrugador. Sus ojeras delataban que no había dormido nada esa noche, que su caminata nocturna se había extendido y apenas estaba volviendo a casa.

La confusión, en ocasiones, es preferible a la claridad. Vivir con los ojos a medio abrir. En el mareo del delirio, la mayoría de las cosas tiene matices. No hay absolutos, tan sólo la densa nata en la que estamos atrapados todos: a veces una cosa, a veces la otra. Tal vez nada.

En la claridad no hay engaños. Si la realidad te golpea, no puedes evadirla. Una vez que ha sido revelada, sólo quedaría la negación.

Revelar: mostrar, desdoblar. Las fotos se revelan para mostrarnos una imagen que no conocíamos.

No saber qué pasaba con mi hermano era un alivio. La realidad resultaría insoportable, pero yo no lo sabía.

Descubrir que no le gustaba estar vivo fue, de todos los golpes que recibí y que me rompieron, sin duda el peor.

En la tele un experto aseguró que un escritorio desordenado es señal de una mente desordenada. Ni qué decir de una habitación completa hecha un desastre. La de mi hermano Julián.

La selva de basura y platos sucios de mi hermano sería entonces la evidencia de lo impenetrable que era él mismo. El departamento tenía duela, pero su cuarto bien podría haber tenido loseta, cemento, tierra o brasas ardientes. El piso nunca alcanzaba a distinguirse entre los restos de comida y basura que él iba dejando.

Cuando se acababan los trastes, yo simplemente le avisaba: *Voy a entrar a tu cuarto.* Minutos después, él aparecía con cuatro o cinco tazas agarradas por las orejas con sus dedos largos.

Adquirí el hábito de entrar a escondidas a su habitación cuando él salía de casa. Husmeaba, pero en mi defensa decía que estaba haciendo arqueología. Memo me criticaba. *Es por su bien*, repetía yo, mientras analizaba los recibos del Oxxo. En realidad era por el mío. Quería saber qué compraba. (Gansitos, Ruffles, refrescos.) Necesitaba saber quién era mi hermano.

A Julián le dolía todo, pero raras veces se quejaba. Así, era imposible ayudarlo.

¿Dónde te duele, exactamente? Señálalo con el dedo. ¿Es un recuerdo específico? ¿Una herida mal cicatrizada? ¿Es el estado de indefensión permanente en el que te viste obligado a vivir desde aquella noche en que papá te aventó por la ventana?

Vivió adolorido durante años. Desde niño. La abuela lo apaciguaba con remedios y sobadas, pero él seguía enfermo. No hablaba y lloraba por todo.

Papá siempre decía que éramos unos exagerados. Juraba que no me había dejado un fin de semana entero encerrada en el baño, qué va a ser, apenas un par de horas, en lo que llevaba a su amiga a la central de autobuses.

Lo de la ventana no se lo reclamamos nunca. Habría respondido que no lo aventó, que únicamente lo empujó tantito para que dejara de chillar aquel niño espantoso con voz de pito, tan tirado al drama que hasta un toquecito de nada resultó en sus veinte kilos azotando contra el mosaico del patio.

Anduvo enyesado algunas semanas. Pobre Julián. Daba lástima, tan flaco, cargando ese bloque de piedra para todos lados. Dijeron que no había fractura, los huesos de los niños son muy maleables. Tan sólo una fisura. *Qué suerte, campeón.*

Fisura: grieta, abertura por donde se cuela algo. Línea que podría dividir el todo en dos partes.

Me gustaba estar con Ana porque me distraía de mis problemas. Ella siempre tenía los suyos y con frecuencia eran más interesantes. Malentendidos laborales que involucraban a personas de otros países. Pleitos con abogados de derechos de autor. En aquella época ella trabajaba como traductora para editoriales europeas. Además, su vida personal era igual de atractiva: épicos enfrentamientos entre vecinos malhumorados, tragedias familiares irresolubles.

Ana también estaba rota, pero expresaba su dolor de una manera, digamos, más directa: gritos, llantos, súplicas de auxilio, deseos de morir. Tenía una enfermedad autoinmune, lo que significaba que su cuerpo se estaba aniquilando a sí mismo. Ana se llevaba todo a su paso. Era otro incendio al que no puedes dejar de mirar.

Mi hermano también se destruía a sí mismo, su enfermedad era autoinmune igual que la de Ana. La enfermedad de Julián era Julián.

¿Y la mía?

Cuando le conté a Ana cómo había sido el asunto con mis padres, aquellos años terribles a los que llamamos infancia, me abrazó. En aquel momento yo no dejaba que nadie me abrazara, pero a ella sí se lo permití. También me dijo que yo tenía mucho valor.

Valor: fortaleza física o emocional. Utilidad de algo o alguien. Tipo de cambio.

La moneda de mi patria es un espejo circular en el que asomarse al pasado. Valor. Mi hermano cuesta caro. ¿Cuánto valen mis recuerdos en este país absurdo que he construido con mis propias manos? ¿Cuánto valor hay en escaparse con los ojos cerrados? ¿Cuánto en abrirlos de nuevo y hallarse a oscuras en un cuarto sin ventanas?

Ponía la tele a todo volumen con la esperanza de que mi hermano se acercara. Quizá se rindiera ante el chillido ansioso de los comerciales y viniera a sentarse conmigo. En el canal cultural, un documental de naturaleza: un activista con cara de irritación contenida presentaba a un delfín de parque temático. *La sonrisa del delfín es una mentira*, dijo el activista, exasperado. *Es un gesto de horror y estrés que tontamente leemos como ternura.*

Si yo se lo pedía, mi hermano era capaz de sonreír. Si le decía que se veía bien, recién bañado, o si le preguntaba qué le había parecido el regalo que le había traído del Oxxo. Sonrisa. *Ven a desayunar, te preparé huevo con chori.* Sonrisa. A veces exageraba el intento y terminaba mostrando dientes y muelas, como un cachorro de león que aprende a atemorizar.

Tenía los colmillos levemente salidos. Flaco y ojeroso, no me sorprendería que los niños del barrio lo hayan creído un vampiro.

Yo también sonrío. No sólo eso. Interpreto de la peor forma posible que alguien no me sonría de vuelta. Siento como si me estuvieran dejando con la mano extendida.

Aprendí, de muy chica, a ganarme mi lugar en este mundo. No bastaba mi sola existencia, yo tenía que aportar algo. Si no iba a sumar belleza, por lo menos gracia. Me volví chistosa. Recuerdo que las maestras de segundo y tercero de primaria se divertían con mis ocurrencias. *Eres una niña feliz*, aplaudían. Yo sonreía con más empeño. Mi voz se fue haciendo más y más aguda.

Tiene razón el documentalista. La gente ve alegría y no imagina que detrás de una sonrisa puedan acechar fantasmas: el miedo, la turbación, viejos monstruos trasnochados.

Me volví complaciente, me obligué a mí misma a ser una niña agradable. Una presencia ligera, que los demás quisieran tener cerca. Logré que me invitaran a todos lados, que me aceptaran.

Lo que más quería en aquel entonces era cambiar de manada. Fantaseaba con la posibilidad de ser adoptada por otra familia. *A esta niña tan graciosa quiero tenerla en mi casa.* Y así la vida comenzaría de nuevo, esta vez correctamente. Nuevos papás, nuevo hermanito.

La fantasía y su consecuente puesta en escena me agotaron demasiado pronto. Me quedé sin energía. Entendí que nadie iba a adoptarme y dejó de interesarme agradar. Malencarada. La abuela me llamaba jetuda. Mi sonrisa se convirtió en un premio que los demás tenían que ganarse.

Así como yo hacía con él, Julián también empezó a traerme regalos del Oxxo.

Vestía de negro casi siempre. Sudadera demasiado grande, capucha a la altura de los ojos. Una fina capa de polvo lo cubría de pies a cabeza, aun durante los días en que aceptaba bañarse.

Apestas horrible, Julián, aunque sea ponte desodorante.

Para mi hermano, mis palabras eran órdenes. *Te toca limpiar la cocina.* Y él hacía caso. Lento, parsimonioso, tallaba el azulejo con la suavidad con la que se acaricia a un gato dormido.

Sólo había una cosa en la que no me obedecía: *Habla, chingada madre.*

Le gustaba acompañarme al metro. Creo que había algo escondido en la posibilidad de cuidarme. Yo tomaba clase a las siete de la mañana, tenía que salir de casa cuando todavía estaba oscuro. Ir juntos nos hacía ver más fuertes, presas menos fáciles en esta ciudad que se devora a sus habitantes, aunque por dentro siguiéramos siendo los mismos niños cobardes y chillones a los que papá llamaba jotitos cuando se enojaba.

Julián se calzaba los tenis y hurgaba entre la basura de su cuarto hasta encontrar sus llaves. Tenía la costumbre de enrollar los billetes y metérselos en el calcetín.

Su andar, pausado e incorpóreo, era motivo de muchas peleas. Arrastraba los pies como si los zapatos le quedaran grandes.

Camina más rápido, ya vamos tarde.

En respuesta él comenzaba a dar zancadas, largos pasos de jirafa. Una solución impráctica. Más razonable habría sido apretar el paso. Su lentitud, y más: su ausencia de sentido común, eran las excusas que yo encontraba para quejarme de todo lo que me molestaba.

Si no querías venir, te hubieras quedado en la casa.

Él bajaba la mirada, disminuía las zancadas, metía las manos a los bolsillos de su pantalón. Un niño regañado por su madre. El niño: él, siempre. La madre: yo, a veces.

Se quedaba detenido en mitad de la acera, como un perro esperando la orden de su amo.

Entonces yo perdía el control de mí misma. Lo llamaba retrasado mental. Le decía que era por motivos como éste que nadie quería estar cerca de él. Me sorprendía mi propia crueldad. Lo roto se puede volver a romper mil veces. Yo lo sé porque lo he hecho.

Horas después yo le pedía disculpas con un Gansito Marinela como ofrenda de buena voluntad.

Perdóname, tenía prisa. Sí me gusta que me acompañes.

Él recibía el obsequio en silencio y rompía el empaque usando los dientes. Esperaba hasta que yo saliera del cuarto para dar la primera mordida. Al día siguiente, volvía a acompañarme al metro. Nunca dejó de hacerlo. Flaco, apestoso. Con un billete de veinte pesos escondido en el calcetín deshilachado.

Aprendí a mentir no sólo con palabras: con hechos. Mi existencia entera era una invención. Igual que los deportistas se retan a sí mismos un poco más cada día, yo me preguntaba: ¿cómo sostendré esta nueva mentira? Procedía entonces a construirle una arquitectura barroca, atiborrada de detalles suntuosos, innecesarios. Mis historias generaban desconcierto. La gente no sabía si felicitarme o sentir lástima por mí.

Yo sentía lástima por ellos, que creían que solamente la tragedia podía engendrar el trauma. Un accidente. Un suicidio. Un quiebre. La gente quiere oír hablar de la masacre.

¿Y la gota que escurre, insistente, de una llave mal cerrada? Golpeteo quedo en la soledad de la noche. Lo peor: la confusión. No poder adivinar si algo va a destruirte y cuánto tiempo le tomará.

La primera vez que le mentí al tercer Memo fue cuando le dije que habían intentado secuestrarme en un taxi. Me gustó que se preocupara por mí, pero me irritó que se pusiera tan insistente.

Vamos a denunciar, vamos al médico.

Yo sólo quería envolverme en las cobijas y tener sexo. Insulté a Memo. Repetí algunas de las palabras que papá usaba para romper a Julián.

Tanto tiempo evitando ser como mamá, para terminar convirtiéndome en papá.

Imitar: copiar, heredar. *A donde fueres haz lo que vieres.* El camuflaje es un mecanismo de supervivencia. Conectar con el entorno. Mitigar la confusión en el país sin espejos.

Durante aquellas peleas, Julián se desaparecía por completo, aun estando dentro de casa. Apagaba la luz de su cuarto. Creo que incluso llegaba a contener la respiración. Inexistente. Etéreo. Espíritu. Jugaba a que estaba muerto.

Ana juzgaba duramente los enredos que yo creaba en mi mente. También le daban risa. Tenía la capacidad de encontrarle la gracia a los eventos más traumáticos. A veces pienso que esa cualidad me habría ayudado a ser mejor persona, si tan sólo la hubiera desarrollado a tiempo.

Poco a poco comencé a inventarle a Memo historias sobre mi infancia, como hacía con todo el mundo. A veces Julián presenciaba la escena. En esos momentos yo lo retaba con la mirada. *¿Vas a decirle la verdad a Memo? Vamos a ver de una vez por todas de qué lado estás.*

Siempre estuvo de mi lado. Por algo éramos hermanos.

Con el tiempo, Memo y yo comenzamos a pelear demasiado y a cortar por temporadas. Él dejaba de visitarnos y la casa se volvía más silenciosa que de costumbre. Yo lo extrañaba. Hugo lo buscaba en la cocina y al no encontrarlo lloraba. Lo mismo hacía Julián, a su manera. Se asomaba por la ventana para ver si veía su coche, le guardaba un poco de comida en el refri: medio sándwich de jamón, el último Pingüino Marinela del paquete.

Era la primera vez que yo tenía algo que mi hermano anhelaba. A ratos, me hubiera gustado dárselo. Llamar a Memo, pedirle que volviera. Bajar todos los escudos, permitirme ser feliz a su lado. Calma, ternura, generosidad. Se puede vivir con todas esas cosas.

Pero yo no sabía cómo hacerlo.

El problema del silencio es que siempre gana las discusiones. No se puede contradecir un argumento que no existe.

Julián sacaba de contexto mis palabras como mejor le acomodaban. Todos hacemos lo mismo, supongo, pero él siempre las llevaba hacia el peor lugar posible. La semana que adoptamos a Hugo, el veterinario que lo revisó nos preguntó dónde lo habíamos encontrado.

Afuera de mi casa, respondí. El médico siguió escuchando sus pulmones a través del pelaje.

A Hugo le tomó tres días entender que podía confiar en mí.

A Julián le tomó veinte años.

Semanas después de aquel suceso, mi hermano y yo veníamos caminando de regreso del metro cuando recordé que teníamos que pasar a pagar el recibo de agua.

¿Tienes dinero?, le pregunté a Julián. Él me extendió varios billetes, con los que pagué.

Al llegar al departamento, extendió la mano como hacía siempre que me cobraba.

No te va a pasar nada por pagar el agua una que otra vez, reclamé. *También vives aquí.*

Él me miró con todo el odio que aguardaba, acechante, detrás de sus ojos tristes.

Dijiste que ésta era tu casa, sentenció. Su mano extendida era una declaración de guerra. Había miles de interpretaciones posibles sobre el comentario que yo había hecho aquel día en el veterinario. Él, por supuesto, había elegido la más dolorosa. Yo no había querido implicar que la casa fuera mía, era una manera de decir las cosas y ya. O quizá sí había querido implicarlo, y Julián lo había notado. A lo mejor, de tanto escucharme, había logrado conocerme.

Esa noche Memo y yo nos peleamos. Ni siquiera recuerdo la razón. Me lastimé el pie al darle una patada en la pantorilla. Él se fue de casa, dolido, con su mochila en la mano. Yo azoté la puerta detrás de él y me senté en la sala a examinarme el pie. Julián trajo miel y me ayudó a ponerme una venda para no embarrar las sábanas.

Perdón, me dijo.

Entonces solté el llanto.

De niña creía que las disculpas eran muestras de bondad. *Julián y mamá piden perdón todo el tiempo*, pensaba, *y eso se debe a que son muy buenas personas.* Quizá la abuela haya tenido algo que ver con que yo me formara esta noción un tanto sacrificial y abnegada.

Fue hasta que viví con Julián que empecé a odiar las disculpas.

Bondad: humildad, generosidad. Acariciar a un animal dormido. Ayudar a quien se ha lastimado.

Un año después de mudarnos juntos, Julián y yo peleábamos casi diario. Resulta un tanto injusto decir que peleábamos, como si realmente hubiéramos sostenido intercambios de opiniones. Ataque, defensa, maniobra, gol. Me cuesta trabajo admitir que discutir con mi hermano era golpear a un animal herido. Cada frase que yo decía era una patada al costillar del venado que yace, ensangrentado, en el suelo.

Julián caía rendido tras mi primer reclamo. *Perdón.* Me quitaba la oportunidad de decir nada más. *Perdón.* Yo enfurecía hasta perder el control por completo. Creía que él buscaba darme por mi lado.

¿No puedes discutir como una persona normal?

Perdón.

Ni siquiera sabes por qué estás pidiendo perdón.

Por esas fechas yo empecé a creer que enfrentarse con otros era una habilidad deseable. Me atraía la gente que sabía discutir con fiereza. Pelear. Dominar. La gente que se rendía no valía nada.

Perdón.

Julián me volvía loca con sus disculpas. Me daban ganas de golpearlo en la cara. Picarlo hasta que reventara, hasta que dejara brotar esos insultos que yo sabía que llevaba escondidos. Quizá después de ellos llegarían otras palabras. Todo era cuestión de llevarlo al límite, como dejar correr el agua sucia en el lavabo de una casa nueva.

Muy pronto el tapón cedería y él se convertiría en otra persona.

Los insultos que Julián llevaba escondidos no estaban dirigidos a mí. No eran sino reflejos en su espejo circular.

No volveré a pelear con Julián.

Ahora soy yo quien pide perdón sin saber por qué.

Quizá la muerte de mi hermano fue su última disculpa.

Algunas cosas por las que Julián me pidió perdón:
Platos sucios
Pelos de Hugo en la mesa de la cocina
Olvidar darme un recado
No haberme avisado que mamá llamó
Acabarse el papel de baño y no reponerlo
Oler mal
Dejar la puerta sin candado
Olvidar servirle agua a Hugo
Incomodar
Roncar
No ser claro
No responder adecuadamente a las preguntas que le hacía
No saber defenderse
No hablar
Ser callado
Lastimar sin querer
Estar roto

No tengo ningún recuerdo del día que nació mi hermano. Mamá solía decir que si a Julián le gustaba tanto llorar era porque había nacido en verano, en el primer día de la temporada de huracanes.

Desde que tengo memoria, Julián siempre estuvo conmigo. Su presencia no tiene un inicio en este álbum roto que es mi memoria. Mi hermano Julián, que cantaba canciones del radio sin saber qué significaban. El cómplice primordial que me abandonó a mitad de la batalla porque estaba demasiado ocupado salvándose a sí mismo.

Yo también lo abandoné más tarde, en secreto. No le confesé a nadie esta decisión, ni a mí misma. Aproveché que todos dormían para escapar de mi trinchera y aliarme con el enemigo.

Un día antes de su muerte, mi hermano y yo estuvimos hablando sobre la posibilidad de mudarnos. No entraba suficiente luz al departamento y la duela comenzaba a crujir demasiado. *Además, al casero no le gustan los gatos*, le dije. *Y no le hemos avisado que tenemos a Hugo.*

También me rondaba la idea de que quizás el tercer Memo algún día quisiera vivir con nosotros.

Julián me miró con toda la calma del mundo. En sus ojos acechaba aquella eterna ambivalencia. Amor dolor. Correr luchar. Papá mamá. Vivir morir.

Colocó a Hugo en su regazo y le dio un beso en la cabeza. Sonrió. Aquella muestra de afecto me convulsionó de alguna manera. Mi hermano se dejaba querer por mamá y por la abuela, pero nunca antes había ejercido activamente su capacidad de profesar cariño. Los escasos abrazos que me daba eran protocolarios o estaban siempre cubiertos por un manto luctuoso.

Lo que más me duele al recordar esa escena es que yo la leí con atisbos de esperanza. *Llegó el momento*, me dije. *Julián está sanando. El gato lo ha curado.*

Hoy entiendo que si mi hermano parecía más ligero era porque había logrado desprenderse de aquello que lo había agobiado por años. Rompió su muralla. Abandonó el laberinto. Encontró la manera de hacer de su existencia algo más tolerable.

Julián abandonaba el campo de batalla hecho un despojo. Volvía a casa.

Lista de enseres personales de Julián R. G., 22 años, fallecido. Reporte del forense: encefalopatía anoxo-isquémica por lesión autoinflingida:

Zapatos deportivos 28 centímetros

Pantalón de mezclilla talla 30 color negro

Camiseta negra de algodón

Chaqueta deportiva negra talla M

Dos boletos del Sistema de Transporte Colectivo Metro

Juego de llaves

38 pesos, divididos de la siguiente manera: un billete de 20, una moneda de 10, ocho monedas de un peso

Un envoltorio de Gansito Marinela

Una bolsa de plástico con fotografías

Mi hermano y yo, en los columpios del parque Merced. Hay charcos en el piso, lo que indica que ha estado lloviendo. Según recuerdo, aquella no fue precisamente una buena tarde.

Creo que comienzo a asimilar por qué mi hermano conservó estas fotografías. Intentaba ordenar el caos, darle sentido a todo aquello que vivimos. Había llegado a un destino infausto sin saber por dónde. Las imágenes serían el estambre con el cual salir del laberinto. Estaba desandando sus pasos, para ver si lograba entender.

Ahora soy yo la que intenta entender.

De tanto vivir entre muertos normalizamos ciertas cosas. El protocolo al recibir la noticia se ha ido suavizando poco a poco. Dar el pésame hoy parece una actividad anticuada, propia de ancianos necios, aferrados a antiguas tradiciones. *Lo siento.* La literalidad resuena en el cuarto. Lo siento, porque conozco el dolor de cerca, también he perdido a alguien y me identifico con cada ausencia. Lo lamento.

Lamento: aflicción, llanto.

(No hay llanto.)

Acto seguido, la pregunta infaltable. Una voz modulada, enternecida, procurando no ofender: *¿Cómo murió?*

La respuesta en adjetivos: triste, solitario, callado, herido. En adverbios: lenta y aparatosamente. Verbos: decidir, organizar, disponer.

Ejecutar.

No importa el cómo, importa el por qué. Por lo menos para mí es la única pregunta válida. ¿Por qué tuviste que ser tan débil? ¿Por qué no me pediste ayuda? ¿Por qué me dejaste? Ahora soy yo la única sobreviviente de aquella patria hecha pedazos. El despojo último: tu adiós. Pinche Julián pendejo. ¿Por qué, carajo?

He estado pensando en la vida después de la muerte. Ana y yo lo platicamos todo el tiempo, sin llegar a ninguna conclusión.

Me pregunto si la abuela habrá logrado entrar al cielo, como siempre quiso; si la habrá recibido el abuelo, con una florecita en la solapa. No sé si en aquel paraíso imaginario los habitantes ostenten la mejor versión de sí mismos, y cuál sería ésta en el caso de mis abuelos.

¿Cuál sería la mía?

Paraíso: oasis, remanso, paz. Un mar infinito, un bosque recién creado. La casa de los abuelos.

Julián nunca fue tan feliz como a los cinco años. ¿Sucederá acaso que un niño flaco, peinado de raya en medio, ronde los pasillos de aquel lugar sobre las nubes?

En aquel recinto no tiene cabida papá. Para él, el destierro.

Se me complica hacer las paces con papá ahora que ha muerto. El incendio que fue su vida continúa dejando secuelas entre nosotros, los rotos. La muerte de Julián posiblemente sea la más reciente, mas no la última. Papá deambula en calidad de demonio, de trauma. Protagonista inequívoco de mis dolores más obvios. Causa de grandes males. Catástrofe.

Extraño tanto a mi hermano.

Julián a veces no tenía voluntad ni para cambiarse de ropa. Vagaba por el departamento vestido en harapos. Comía poco. Dormía mal. Evitaba el contacto humano. En especial el mío, al final. Se encerraba en su habitación durante días.

A pesar de todo, tuvo la fuerza y la claridad suficientes para planear y ejecutar su adiós. La logística es sorprendente. Me abruma. Últimamente pienso en todo esto.

La presencia incorpórea de Julián ronda el departamento todavía. Escucho el crujir de la madera y me toma algunos segundos entender que es Hugo. Julián no ha ido al baño. Tampoco anda en la cocina. Mi hermano no existe más, como no sea en mis recuerdos. Fragmentos de una infancia rota. Dos vidas mal planeadas, mal ejecutadas. Simulacros. Accidentes.

Memo no ha venido a visitarme. El día de la noticia lo corrí a gritos, lo culpé injustamente de todas las desgracias.

Es más fácil culpar a otros.

Rompí el espejo circular.

Culpar: responsabilizar, achacar. Un peso muerto y sofocante. Remordimiento. Enfermedad.

Algunas cosas que Julián tuvo, y yo no, y que le envidiaba:
    El abrazo de mamá
    Sus palabras
    Su amor
    Su atención
    La ecuación genética de la delgadez
    El cuidado devoto de la abuela
    El coraje de enfrentarse a papá aquella única ocasión
    La amistad del tercer Memo
    El cariño de Hugo
    Un profundo y desinteresado amor por mí
    Valor
    Libertad
    Decisión
    Descanso

Intenté hablarlo con mamá, pero ella no tiene espacio en este momento para nada que no sea el dolor. Ha tapiado puertas y ventanas. Canceló los sonidos, ya ni siquiera contesta el teléfono. Está dispuesta a dejarse morir. Imagino que se ha quedado tan quieta que resulta imposible advertir su existencia. Transparente. Está alcanzando la anhelada invisibilidad.

He pensado que debería hacerle una visita. Ella y yo somos hoy las únicas sobrevivientes de aquella patria robada. Le mostraré las fotos de Julián. Podríamos compartir recuerdos, conversar sobre alguno de esos temas de los que nunca hablamos antes. Le contaré que Julián era un fantasma amable y de buen corazón. Un niño herido en un cuerpo demasiado grande.

También le diré cuánto lo extraño. Por sobre todas las cosas yo amaba a mi hermano. Me habría gustado que nuestra historia sucediera de otra manera.

Mamá no responderá nada. En su silencio yo leeré un mensaje: este lugar ha quedado clausurado para siempre.

Me iré de casa de mamá cargando estos fragmentos que terminarán por evaporarse. El luto que carga ella es incompatible con el mío. Su dolor no es mi dolor. Provenimos del mismo territorio, pero tenemos mapas distintos.

Familia: tribu, hogar, patria, idea. La unión de tres puntos en su unidad mínima: el triángulo. Sin Julián, todo lo que queda son dos rectas mal sujetadas.

La muerte de Julián nos desagregará. Quizá también, con suerte, nos libere.

Ésta podría ser la última vez que vea a mamá, antes de que mi país desaparezca para siempre.

Agradecimientos

A la Casa Octavia y sus habitantes. Mi gratitud eterna es para Sylvia Aguilar Zéleny, por la magia.

A Fernanda Melchor, Cristina Rivera Garza, Julián Herbert y Jorge Lebedev, así como a Literatura Random House y Librerías Gandhi, por darle una oportunidad a este par de rotos. A Romeo Tello Arista, por el cuidado de la edición.

A mi familia, por el amor y las historias. A mis amigas, que son mi patria. A Samuel, por la luz que logró colar entre estas grietas. A Pelusa, por dejarse reparar.

A todos los rotos y a los fantasmas. A los que andan por ahí cargando sus pedazos.

Entre los rotos de Alaíde Ventura Medina
se terminó de imprimir en el mes de mayo de 2021
en los talleres de
Diversidad Gráfica S.A. de C.V.
Privada de Av. 11 #1 Col. El Vergel, Iztapalapa,
C.P. 09880, Ciudad de México.